절벽에서 올라온 영양

절벽에서 올라온 영양

지은이 **문국**

작가의 말

가까운 곳의 아름다움

발길을 잡아당겨
문득 걸음을 멈추게 하는 것이 있다
꽃잎, 손짓하며 춤추는 작은 꽃잎
어제까지 보이지 않던 꽃잎
고개 숙인 사람의 마음에 보이는
바람을 색칠하는 고운 빛깔
짙푸른 하늘을 흔드는
부드러운 몸짓
무심히 지나친 것에 눈뜬 아침
오솔길에서 걸음 멈추고
이름을 불러보는 황홀한 순간
꽃잎, 어제까지 보이지 않던 꽃잎
미소 짓는 앙증맞은 꽃잎
고개 숙인 사람의 눈에만 피어나는
무지개를 닮은 그대의 모습
아름다운 것은 가까운 곳에
수줍은 웃음으로 다소곳이 피어 있네

절벽에서 올라온 영양

1

 드넓은 초원이 끝나는 곳에 깎아지른 듯한 절벽이 높이 솟아 있었다. 초원 서쪽 숲에는 크고 작은 수목이 우거져 있었다. 황량한 사막이 초원 동쪽 절벽 끝에서 지평선까지 아스라이 펼쳐져 있었다. 바람이 휘몰아치는 날이면 사막의 모래먼지가 초원까지 날아와 뿌옇게 뒤덮이곤 했다.
 초원에 영양의 무리가 살고 있었다. 초원에서 풀을 뜯고 있는 영양의 모습은 한 폭의 풍경화처럼 평화롭고 아름다워 보였다. 영양은 겉모습과 달리 항상 주위를 경계하며 긴장 속에서 살아야 한다. 초식동물을 잡아먹는 사나운 맹수가 여기저기 몸을 낮춰 웅크리고 있기 때문이었다.
 날렵하며 싸움을 잘하는 멋쟁이는 영양의 우두머리였다. 우두머리는 맹수의 공격으로부터 영양 무리를 보호할 책임이 있다. 멋쟁이는 굶주린 맹수가 어디에 숨어 영양을 노리고 있는지 살피러 절벽 위로 올라갔다.
"멋쟁이가 가장 못생겼지."
뾰족한 바위에 앉은 까마귀가 말했다.
"재수 없는 까마귀."
멋쟁이가 말했다.
"어디가 멋이 있어 멋쟁이니?"
"머리부터 발끝까지 멋이 있지."
"공중에서 내려다보면 네 모습이 더 잘 보이지. 내가 본 대로 말해 줄게. 너는 평범하게 생긴 영양이야. 쌈질을 제법 잘해 우두머리가 되었지만 잘생긴 구석이 전혀 없는 영양이지. 몇 년 지나 힘이 약해지면 힘센 수컷 영양이 널 밀어내고 우두머리가 되겠지. 그때에도 자신을 잘생긴 영양이라고 말할 수 있을까?"
"못된 까마귀."
멋쟁이가 까마귀를 노려보았다.
"자신을 잘났다고 자랑하면 팔푼이야."
"당장 꺼져버려."
"만일 날 잡으면 네가 잘난 영양이라는 것을 인정해 줄게. 죽을 때까지 형님이라 불러 줄게."
까마귀가 바닥으로 내려앉아 멋쟁이를 살살 약 올렸다.

"나는 미래를 보는 눈을 가진 예언의 새."

까마귀가 눈을 지그시 감고 무슨 생각을 하는 표정을 지었다.

"늙은 네 모습을 말해 줄게. 털이 숭숭 빠지고 얼굴이 쭈글쭈글해지고 몸이 삐쩍 마른 영양이 되어 있군. 젊은 영양들에게 온갖 구박을 받다가 표범에게 잡아먹히고 마는군."

까마귀가 눈을 가늘게 뜨고 말했다.

"널 결코 가만두지 않을 것이다."

멋쟁이는 화가 나서 소리를 질렀다.

까마귀는 멋쟁이가 쫓아오면 하늘로 날아올랐다가 바닥으로 내려앉았다. 까마귀는 한쪽 눈을 감고 다리를 다친 듯이 절뚝절뚝 걸으며 약 올렸다.

"나는 다리가 부러진 애꾸눈 까마귀. 영양의 우두머리가 절뚝이는 까마귀도 잡지 못하시나요?"

까마귀가 깔깔대었다.

"오늘은 네 제삿날이 될 것이다."

멋쟁이는 까마귀를 잡으러 냅다 달리기 시작했다. 까마귀가 재빨리 하늘로 날아올랐다. 멋쟁이는 화가 머리끝까지 치밀어 미처 앞을 보지 못했다. 절벽 끝에서 새처럼 공중으로 높이 떠올랐다. 온몸에 힘주어 다리를 움직여도 공중에선 앞으로 단 한 걸음도 나아갈 수 없었다. 까마귀가 멋쟁이 머리 위를 빠르게 스쳐 날아가며 저주하듯 까악까악 울었다.

　죽음의 골짜기로 곤두박이치고 있었다. 갑자기 시간이 거꾸로 돌아가는 느낌이었다. 절벽에서 떨어지면 죽을 수밖에 없었다. 삶을 끝내고 싶진 않았다. 이렇게 삶을 끝내진 않을 것이다. 땅바닥에 가까워지자 공중에서 힘껏 몸을 돌렸다. 멋쟁이는 벼락같은 소리를 들으며 기절하고 말았다.

　까마귀 웃음소리가 희미하게 들려오다 멀어지고 다시 들려오고 있었다. 오랜 시간이 아득히 흘러간 느낌이었다. 밤하늘을 날아다니다 암벽에 날갯죽지가 부딪혀 퍼드덕대며 떨어지는 꿈을 꾸었다. 누군가 멋쟁이를 깨우는 소리가 어렴풋이 들려왔다. 멋쟁이는 눈을 떴다.

　"정신 차려."

　노랑나비가 외쳤다.

　"넌 죽지 않았어."

　"내가 죽지 않았다고?"

　멋쟁이는 고개를 돌려 주위를 보았다.

　문득 절벽에서 떨어진 것이 생각났다. 절벽에서 떨어졌으니 틀림없이 죽었을 것이다. 멋쟁이는 자신이 죽었다는 생각을 하면서 눈을 감았다. 죽으면 다시 태어나서 다른 동물의 소리도 들을 수 있는 것일까. 동물의 소리를 들을 수 있는 것을 보면 죽음이후에도 삶은 계속되는 모양이었다.

멋쟁이는 가만히 눈을 떠 보았다. 동물들이 초원에서 한가로이 풀을 뜯고 있었다. 죽은 것이 아니었다. 죽지 않았으니 정말 기뻤다. 그런 기쁨도 잠시뿐이었다. 참기 어려울 만큼 온몸이 쿡쿡 쑤시고 아팠다.

"용기를 내어 일어나."

노랑나비가 말했다.

멋쟁이는 땅바닥에서 일어나다가 그대로 주저앉았다. 절벽에서 떨어지던 순간보다 캄캄한 절망감에 사로잡혔다. 멋쟁이는 눈을 감고 가쁜 숨을 몰아쉬었다. 온몸이 산산이 부서진 듯이 아팠다. 살아 있는 것보다 차라리 죽었으면 싶을 만큼 극심한 고통이었다.

"살이 찢어지고 다리가 부러졌어. 갈비뼈도 부러졌어."

"살아갈 의지만 있으면 몸은 회복될 거야."

"으윽."

멋쟁이는 이를 악물었다.

"표범이 널 잡아먹으러 올 거야. 여기에 이렇게 있으면 안 돼."

노랑나비가 주위를 살피며 말했다.

멋쟁이는 있는 힘을 다해 일어나다가 픽 쓰러졌다. 바람처럼 초원을 달렸던 튼튼한 다리는 힘없이 흐느적거렸다. 빨리 뛰기

는커녕 일어나서 걷지도 못하고 있었다. 걸을 수 없으면 오늘 밤을 넘기기 어려웠다. 노랑나비 말대로 표범이 멋쟁이를 잡아먹으러 소리 없이 다가올 것이다. 멋쟁이는 수십 번 넘어지고 그만 포기하려고 했다.

"제발 용기를 내란 말이야. 넌 반드시 일어날 수 있어."

노랑나비가 안타까워하며 큰 소리로 말했다.

멋쟁이는 잇몸이 아프도록 이를 악물고 비틀대며 일어났다. 곧 넘어질 듯 몸이 흔들리고 있었다. 부러지지 않은 다리에 힘을 바짝 주고 멋쟁이는 노랑나비를 보았다.

"역시 멋쟁이는 대단한 영양이야!"

"날 도와주는 이유가 있니?"

"그냥 도와주고 싶을 뿐이야."

"그렇구나!"

멋쟁이가 눈물을 글썽이며 고개를 끄덕였다.

멋쟁이는 자신을 도와주는 노랑나비가 평범한 동물로 보이지 않았다. 수십 킬로미터의 날개를 가진 전설 속의 새. 날갯짓을 할 때마다 산과 강을 빠르게 지나 까마아득한 지평선까지 날아가는 거대한 새. 불을 뿜어대는 용을 잡아먹는 최고의 새. 멋쟁이는 노랑나비가 바로 그런 새처럼 보였다.

영양들이 절벽 아래로 꾸역꾸역 몰려들었다. 남의 불행을 보고 있으면 괜히 즐거워지는 모양이었다. 그들은 멋쟁이를 보며 싱글벙글 웃고 있었다.
"날 좀 도와줘."
멋쟁이가 영양들에게 말했다.
"쳇, 우두머리라고 잘난 체하더니 끝장났군."
"병신이 되었어. 오늘 밤을 넘기지 못하겠어."
"못된 우두머리는 표범한테 잡아먹혀도 싸지."
영양들이 멋쟁이에게 위로의 말 한마디 해주지 않았다. 영양들이 멋쟁이를 비웃고 초원으로 모두 돌아갔다.
까마귀가 절벽 위에 앉아 멋쟁이를 내려다보며 깔깔대었다.
"여기 있으면 위험해. 날 따라와."
노랑나비가 절벽 저쪽으로 날아갔다.
멋쟁이는 오른쪽 뒷다리를 질질 끌며 노랑나비가 안내하는 곳으로 갔다. 절벽 끝에 영양 한 마리가 드나들 수 있는 좁은 입구가 보였다. 멋쟁이는 끙끙거리며 그곳으로 들어갔다. 그 안에는 넓고 아늑하고 깊은 동굴이 있었다. 동굴 입구 위쪽에는 하늘이 잘 보일 만큼 바위가 둥그렇게 뚫려 있었다. 동굴에서 초원을 볼 수 있지만 밖에서는 동굴이 보이지 않았다. 맹수를 피해 지내기에 더없이 좋은 장소였다.
"널 놀린 것을 사과할게."

부서지기 쉬운 몸을 갖고 있으며 새처럼 빨리 날지도 못하는 노랑나비. 샛노란 꽃처럼 화려한 색깔이지만 굵은 빗방울에 찢어질 듯한 얇은 날개. 열흘 전에 멋쟁이는 노랑나비에게 맹렬한 바람의 소용돌이에 갇히면 백 리 밖으로 흔적도 없이 날아갈 거라고 약 올린 적이 있었다. 교만하고 우쭐대던 모습이 생각나서 얼굴을 들 수가 없을 만큼 부끄러웠다.

"지난 일은 다 잊었어."

"은혜를 잊지 않을게."

멋쟁이가 눈물을 흘리며 말했다.

멋쟁이는 동굴 구석에 주저앉아 숨을 몰아쉬었다. 숨을 쉬는 것조차 힘들었다. 숨을 쉴 때마다 머리부터 발끝까지 아팠다. 몸은 식은땀으로 흠뻑 젖어 있었다.

"힘들지만 며칠만 참아. 통증은 서서히 가라앉을 거야."

"으윽."

멋쟁이는 눈을 감고 신음을 삼켰다.

"다친 몸을 위해 기도해 줄게."

"고마워."

멋쟁이는 참기 힘든 고통으로 정신을 잃었다가 깨어났다.

저녁이 되었다. 동굴에 어둠이 깔리고 있었다.

노랑나비가 멋쟁이를 위해 간절히 기도해 주고 절벽 아래 보금자리로 돌아갔다.

멋쟁이는 악몽에 시달리고 있는 것 같았다. 영양 중에서 가장 빨리 달리고 싸움을 잘하는 우두머리가 아니었던가. 아침부터 밤늦도록 영양들이 멋쟁이를 따라다녔다. 영양들은 멋쟁이의 말에 순종했고 지시하는 대로 잘 움직였다. 그런 우두머리가 상상조차 못 한 일을 당해 동굴 속에 홀로 앉아 참기 힘든 고통으로 괴로워하고 있었다.

"나를 따르는 영양이 있을 거야."

아직도 멋쟁이는 자신을 영양의 우두머리라고 생각했다. 멋쟁이는 영양들이 동굴로 찾아오기를 기다리고 있었다. 동굴 밖에서 무슨 소리만 들려도 귀를 쫑긋거렸다. 목이 빠지게 기다렸지만 어디로 바삐 달려가는 바람 소리만 이따금 들려올 뿐이었다. 영양들은 절벽에서 떨어져 크게 다친 우두머리를 도와주러 동굴에 오지 않았다.

맹수의 공격으로부터 무리를 보호하기 위해 힘쓰고, 싸움을 말리고, 함부로 행동하는 젊은 영양을 바른길로 인도하고, 앞장서서 푸른 풀을 찾아다니고, 무리의 질서를 바로잡고, 어린 영양의 이름을 지어 주고, 여러 가지 사건을 해결해 주었다. 무리를 위해 꾀부리지 않고 열심히 일을 하며 살아왔다. 그런 우두머리를 냉정하게 외면해도 되는 것일까. 멋쟁이는 영양들에게 배반을 당한 느낌이었다.

"영양들이 성실한 우두머리를 버리는군."

멋쟁이는 슬픔에 잠겨 눈물을 흘렸다.

동물의 세계는 지나칠 만큼 냉정했다. 몸을 다치거나 약해지면 우두머리 자리에서 내려올 수밖에 없었다. 강하고 힘센 영양이 그 자리에 앉게 될 것이다. 한순간에 모든 것을 잃고 말았다. 오늘 낮까지 멋쟁이는 영양의 우두머리였다. 이제 멋쟁이는 우두머리가 아니었다.

우두머리가 아니라는 생각을 하자 견디기 힘들 정도로 몸이 더욱 아팠다. 뼈가 쿡쿡 들이쑤시고 살갗이 터져버릴 것처럼 욱신거렸다. 고통으로 한순간도 잠들지 못했다. 하루가 평생 살아온 세월의 무게보다 힘겹게 느껴졌다. 세상에 태어나서 가장 어둡고 기나긴 지옥의 밤을 보내고 있었다.

어느새 돋는 해가 동쪽 하늘에서 떠올라 동굴을 비추고 있었다. 멋쟁이는 동굴 벽에 몸을 기대면서 바닥에서 가까스로 일어나, 이를 악물고 동굴 밖으로 나왔다.

영양들이 초원에서 풀을 먹으며 도란도란 대화를 나누고 있었다. 절벽에서 떨어진 우두머리를 까맣게 잊은 표정들이었다. 멋쟁이는 오른쪽 뒷다리를 질질 끌며 영양 무리에게 천천히 다가갔다. 어제 낮까지만 해도 멋쟁이를 따라다니던 영양들이 귀찮은 듯이 고개를 돌렸다.

"왜 나를 외면하는 거지?"

멋쟁이가 영양들에게 물었다.

"그 꼴을 하고 여기가 어디라고 온 거야?"

성깔 고약한 젊은 영양이 멋쟁이 배를 쿵 받았다. 멋쟁이는 맥없이 넘어져 다리를 버둥거렸다. 영양들이 멋쟁이를 보며 낄낄대었다. 멋쟁이는 벌떡 일어나고 싶었지만 몸을 마음대로 움직이지 못했다. 식은땀을 흘리며 한참을 애쓰다가 겨우 일어났다.

멋쟁이는 무슨 잘못을 저지른 듯이 고개를 숙였다. 다리가 부들부들 떨리며 휘청거렸다. 슬픔과 분노가 가슴속에서 소용돌이치고 있었다. 입을 앙다물고 눈물을 참았다. 이런 망신을 당하려고 여기에 온 것일까. 너무 억울하고 창피하고 기막혀 얼이 빠진 모습으로 서 있었다.

"꼴도 보기 싫으니까 절벽으로 꺼져버려."

성깔 고약한 젊은 영양이 눈을 부릅뜨고 말했다.

멋쟁이는 몸을 돌려 뒷다리를 질질 끌며 걸음을 옮겼다. 꾹 참고 있던 울음이 터져 눈물이 흘러내렸다.

"차라리 죽는 것이 낫겠어."

멋쟁이는 동굴로 돌아와 구석에 푹 주저앉았다.

노랑나비가 동굴로 날아와서 멋쟁이 옆에 앉았다.

"모두 내 곁을 떠나버렸어."

멋쟁이가 울먹이며 말했다.

"내가 너의 친구가 되어 줄게."

"정말 내 친구가 되어 줄 거야?"

"벌써 난 너의 친구가 되었어."

"고마워!"

멋쟁이가 감동을 받은 표정으로 말했다.

몸을 다친 멋쟁이는 자신의 삶을 돌아보지 않을 수 없었다. 우두머리로 많은 영양을 거느리고 살았지만, 마음을 주고받는 친구를 사귀지 못했다. 모든 것을 얻은 듯이 떵떵거리며 살았지만, 절벽 위에서 아래로 추락하는 시간은 짧았다. 그동안 쌓아온 모든 것이 와르르 무너져 폐허처럼 변해버렸다. 배반, 부끄러움, 외로움, 미움, 절망이 한데 뒤섞여 부글부글 끓어오르고 있을 뿐이었다.

그런 황량한 가슴속으로 밝은 빛이 비춰지고 있었다. 절망 속에서 뜻밖에도 소중한 친구를 만났다. 노랑나비. 몸은 작지만, 어느 동물보다 넓고 따뜻한 마음을 가진 친구였다. 아주 오래전부터, 태어나기 전부터 노랑나비의 친구인 것처럼 느껴졌다. 좋은 친구를 얻은 기쁨으로 배반의 슬픔과 육체의 고통과 기나긴 어둠의 밤을 견뎌내야 한다.

2

 멋쟁이는 한 번도 다른 동물을 위해 기도해 본 적이 없었다. 다른 동물을 위해 기도하기는 쉽지 않은 일이었다. 날마다 노랑나비가 동굴에 와서 멋쟁이의 몸이 완전히 낫게 해달라고 기도해 주었다. 노랑나비가 간절히 기도해 주는 동안 몸이 뜨거워지며 힘이 솟구치는 느낌이었다. 부러진 갈비뼈와 다리는 차츰 좋아지고 있었다. 동굴에서 지낸 지 한 달이 되었을 무렵, 통증이 가라앉고 뼈가 많이 붙어 있었다.
 멋쟁이는 영양의 무리로 돌아가고 싶었다. 무리로 돌아가기로 마음먹었다. 우두머리가 되고 싶었다. 아니, 우두머리가 되어야 한다. 지금은 천둥이란 영양이 무리를 다스리고 있었다. 멋쟁이의 건강이 회복되면 천둥은 우두머리 자리에서 물러나야 한다. 멋쟁이가 우두머리 노릇을 해야 마땅하다. 천둥이 임시로 우두머리 자리에 앉아 있는 것에 지나지 않았다.

멋쟁이는 영양들이 모여 있는 곳으로 절뚝이며 다가갔다. 영양들이 멋쟁이를 거들떠보지도 않았다.

"아직도 우두머리라고 생각하고 여기에 온 것은 아니겠지?"

천둥이 멋쟁이의 앞으로 다가와 의심 어린 눈초리로 물었다.

"그동안 영양들을 잘 지켜줘서 고마워."

멋쟁이가 미소를 지으며 말했다.

"내가 우두머리가 된 것에 불만이 있는가?"

"축하해."

"뿔이 부러진 영양의 축하를 받고 싶지 않아."

천둥이 기분 상한 표정을 지었다.

"나를 받아줘. 천둥의 지시에 잘 따를게."

"난 너를 믿을 수 없어."

천둥이 멋쟁이의 눈을 뚫어지라 보았다. 마치 속마음을 꿰뚫어 보려는 듯이.

"우리는 네가 교만하고 피도 눈물도 없는 우두머리였던 것을 기억해. 좋은 기억이 아니지. 그렇다면 어떻게 해야 할지 잘 알겠지."

천둥이 멋쟁이의 뒷다리를 보며 말했다.

"정말 미안해."

"부러진 다리가 많이 좋아졌군. 건강을 회복하면 너는 나를 짓밟고 우두머리 자리에 앉으려고 할 거야. 난 내 자리를 탐내는 영양과 같이 있고 싶은 마음이 없어. 다시는 무리에 올 생각도 하지 마. 패잔병처럼 삼삼오오 몰려다니는 수컷들이 있잖아. 그들의 우두머리가 되면 잘 어울릴 거야."

"잘못한 것이 있으면 사과할게."

"절벽에서 떨어지더니 자존심도 다 팽개쳤군."

천둥이 코웃음을 쳤다.

"피해를 주지 않을게."

"넌 다리를 다쳐 어린 영양보다 느려. 네가 우리와 같이 지내다가 맹수에게 잡혀 죽으면 영양들이 큰 충격을 받을 거야. 무리의 안전을 위해 널 받아들일 수 없어. 무리의 구성원이 되고 싶으면 내게 도전하면 되잖아. 한쪽 다리를 절고 뿔이 부러졌는데 싸울 수도 없겠지. 그렇다면 조용히 사라져."

천둥이 다리에 힘주고 사나운 표정을 지었다.

영양들이 멋쟁이를 보며 히죽히죽 웃고 있었다.

멋쟁이는 세상 모든 것이 자신의 발아래에 놓여 있는 듯이 우쭐거리며 살아온 우두머리였다. 그런 우두머리가 무리 앞에서 치욕을 당하고 있었다. 멋쟁이는 크나큰 죄를 지은 듯이 고개를 숙이고 말없이 서 있었다. 다리가 후들거렸다. 이럴 때 잔인한 표범이 나타나서 자신을 잡아먹으면 좋겠다는 생각마저 들었다. 다시 우두머리가 되려는 한 가닥 희망은 사라져버렸다.

멋쟁이는 절뚝이며 초원을 가로질러 절벽 위로 올라갔다. 몸을 부들부들 떨며 절벽 끝에 섰다. 상쾌한 바람이 코끝을 간질이며 어디로 바삐 달려가고 있었다. 멋쟁이는 초원을 내려다보았다. 한낮의 햇살이 초원으로 눈부시게 쏟아져 내리고 있었다. 초원의 동물이 한눈에 다 내려다보였다.

이따금 동물이 절벽에서 떨어져 죽었다. 맹수가 일부러 겁이 많은 동물을 이곳으로 몰아 절벽 아래로 떨어뜨렸다. 동물끼리 맹렬히 싸우다가 절벽에서 떨어지기도 했다. 무슨 일로 낙심해서 삶을 포기하고 절벽에서 떨어진 동물도 있었다. 절벽에서 떨어진 동물 중에서 죽지 않은 것은 오직 멋쟁이뿐이었다. 멋쟁이는 공중에서 몸을 돌려 기적처럼 살아났다.

절벽에서 떨어지며 삶과 죽음의 경계선은 한순간임을 알게 되었다. 한순간이 지나면 삶과 죽음의 벽은 허물어지고 초원의 욕망은 물거품처럼 사라질 것이다. 멋쟁이는 눈을 감았다.

"이곳에서 떨어졌을 때 죽었더라면 좋았을걸."
"멋쟁이답지 않은 말을 하는군."
어디서 작고 부드러운 소리가 들려왔다.
"따돌림을 당한다고 다른 세상으로 떠나려는 것은 가장 못난 짓이지. 살아 있는 동안 최선을 다해 살아갈 의무가 있어. 네 마음대로 세상에 태어난 것이 아니잖아. 그렇기 때문에 네 마음대로 이 세상을 떠날 수 없어. 다리 하나 절면 어때. 아직도 넌 멋있는 영양이야."

 멀지 않은 곳에서 그런 말이 들려왔다.

 절벽 위 갈라진 바위틈에 민들레가 뿌리를 내린 채 살고 있었다. 흙도 없는 바위틈; 주위에 온통 바위뿐인 그곳에서 어떻게 살아갈 수 있을까. 바위틈에서 홀로 살아가는 민들레는 척박한 땅의 잡풀보다 강인한 생명력을 가진 것 같았다. 민들레의 샛노란 꽃은 어느 꽃보다 아름답고 눈부셨다.

 "어떻게 그런 곳에서 살아갈 수 있니?"

 멋쟁이가 놀란 표정으로 물었다.

 "내 삶의 시작은 한없는 눈물과 슬픔이었어. 내가 태어난 곳은 바로 여기야. 바위틈엔 흙도 없어 하루하루 살아가는 것이 쉽지 않았지. 이렇게 살아가느니 차라리 죽고 싶었던 적이 한두 번이 아니었지. 하루가 일 년처럼 길게 느껴지는 삶을 살아왔어. 고통을 이겨내며 단단한 바위에 뿌리를 내렸고, 초원의 식물처럼 드디어 내 몸에서도 꽃이 피어났지. 높은 절벽 위에 핀 꽃이라서 나비와 곤충들이 나를 무척 좋아했어. 그때부터 나는 여러 친구를 사귈 수 있었지."

"그렇구나!"

"내가 네 친구가 되어 줄게."

"정말 내 친구가 될 거야?"

"네가 초원에서 풀을 뜯을 때 맹수가 나타나면 노랑나비와 독수리를 통해 알려줄게. 너를 볼 때마다 몸과 마음이 잘되기를 빌어 줄게."

"고마워."

"고통과 실패와 시련이 나쁜 것이라고만 생각하지 마. 그런 것을 겪은 만큼 자신과 남을 잘 이해하고 세상을 넓고 깊게 볼 수 있지. 멋쟁이는 다시 일어날 수 있어. 힘을 내, 힘을."

민들레가 잎을 흔들며 말했다.

어쩌면 민들레의 말이 맞을지 몰랐다. 멋쟁이가 절벽에서 떨어지지 않았으면 늙어 죽을 때까지 민들레 소리를 듣지 못했을 것이다. 절벽 위 바위틈에서 스스로를 포기하지 않고 꿋꿋하게 고난을 견뎌낸 민들레의 아름다움을 보는 눈이 열리지 않았을 것이다.

"마음이 가루처럼 부서지거나 맑은 동물만이 식물과 대화를 나눌 수 있지. 마음이 부서진 동물과 대화를 나누었으니 오늘은 특별한 날이군."

"위대한 식물과 대화를 나누었으니 오늘은 내게도 특별한 날이야."

　영양은 식물을 맛있는 음식으로 생각할 뿐이었다. 어떤 영양도 식물의 친구가 되려고 하지 않았다. 어떤 영양도 식물의 친구가 되지 못했다. 영양이 식물의 소리를 듣는 것은 보통 일이 아니었다. 멋쟁이는 영양 중에서 처음으로 식물의 친구가 되었다. 식물의 소리를 어떻게 들을 수 있는지 모르겠지만, 멋쟁이는 자신도 모르게 민들레와 대화를 나누었다.

　소중하고 아름다운 것은 멀리 떨어져 있는 것이 아니었다. 걸음을 멈추고 주위를 살펴보면 가까운 곳에 곱디고운 꽃잎이 수줍게 미소 지으며 손짓하고 있었다. 절벽에서 떨어지기 전까지는 그런 것을 볼 수 있는 마음의 눈이 전혀 없었다. 멋쟁이는 민들레의 아름다움에 취해 시간 가는 줄도 모르고 절벽 위에 서 있었다.

3

날이 어두워지고 있었다.

바람이 불어왔다. 산과 들판과 사막을 지나온 바람 속에는 비의 냄새가 배어 있었다. 비구름이 하늘을 뒤덮고 있었다. 초원에 굵은 빗방울이 떨어지고 있었다.

"바람이 되고 싶어."

멋쟁이가 입을 벌려 몸속 깊이 바람을 들이마셨다.

손과 다리와 날개가 없어서 무엇보다 자유로운 바람. 세상 모든 허물을 알고 있으면서 아무 말도 하지 않는 바람. 멋쟁이는 몸을 다치고 동굴에서 지내면서 바람을 좋아하게 되었다. 바람처럼 멀리멀리 떠나고 싶었다. 바람처럼 모든 욕심을 내려놓고 싶었다. 바람처럼 누구를 미워하지 않으며 살아가고 싶었다.

멋쟁이는 비를 맞으며 절벽을 돌아 내려와 동굴로 돌아왔다.

제대로 걷지 못할 때는 하루빨리 건강이 회복되기를 간절히 바랐다. 부러진 뼈가 붙어 절뚝이며 걷게 되자 혼자 동굴에서 지내는 것이 힘들게 느껴졌다. 오늘처럼 비가 내리고 별도 보이지 않는 밤에는 더욱 외로웠다. 멋쟁이는 비 내리는 캄캄한 밤하늘을 멍하니 바라보았다. 멋쟁이 마음속에도 슬픔의 비가 주룩주룩 내리고 있었다.

"안녕."

동굴 위쪽에서 맑은 소리가 들렸다.

"넌 누구니?"

멋쟁이가 고개를 들고 물었다.

"난 노래하는 귀뚜라미야."

동굴 벽에 귀뚜라미가 앉아 있었다.

"모든 것은 마음먹기에 달려 있어. 살아가는 것이 힘들다고 생각하면 세상 모든 것이 어둡게 보이지. 한때 나는 세상은 너무 불공평하다고 울었어. 힘센 동물만 살기 좋은 곳이라고 울었지. 그렇게 살다 보니 언제부턴가 친구들이 내 곁을 다 떠나버렸어. 친구들이 슬픈 귀뚜라미 곁에 있기 싫어했지. 결국, 혼자가 됐고, 외로움에 지쳐 울다가 어느 날 밤하늘을 바라보며 깨달았어. 세상은 참으로 아름다운 곳이라는 것을. 그 이후로 나는 울지 않고 노래를 불렀어. 주로 밤에 노래를 부르지. 산과 초원과 사막이 아름답다고 귀뚤귀뚤, 밤이 아름답다고 귀뚤귀뚤, 달이 아름답다고 귀뚤귀뚤 노래하지."

"그렇구나."

"밤마다 동굴에서 노래를 불렀지. 너는 여기에 온 지 한 달이 되었지만 내 노래를 듣지 못했어. 네 마음은 슬픔으로 가득해서 다른 소리를 들을 여유가 없었던 것이지. 너는 내 목소리를 들었고 우리는 좋은 친구가 될 거야. 오늘은 표정이 너무 어둡군. 무슨 일이 있었던 거니?"

"초원 영양들에게 갔다가 돌아왔어. 내가 없는 동안에 다른 영양이 우두머리가 되었어. 우두머리는 나를 받아주지 않았어."

"가슴 아픈 일을 당했군."

"나를 사랑하는 영양이 있지. 오늘은 그녀와 대화를 나눌 시간이 없었어."

"그녀가 널 기쁘게 맞아 주면 좋겠어."

"내일 아침에 난 그녀를 만나러 갈 거야."

"좋은 꿈을 꿔. 나는 아버지의 마음 같은 대지를 적시는 비에 대한 시를 쓸게."

귀뚜라미가 비에 대한 시를 지어 노래 불렀다.

멋쟁이가 사랑한 암컷 영양의 이름은 별이었다. 눈빛이 별빛처럼 초롱초롱하며 똑똑하고 예쁜 영양이었다.

멋쟁이는 동굴에서 지내면서 하루에도 수백 번 별을 생각했다. 그럴 때마다 절벽에서 떨어지며 사랑마저 잃었다는 생각이 들었다. 별은 멋쟁이가 머물고 있는 동굴을 알고 있지만 한 번도 찾아오지 않았다. 다리가 부러지고 갈비뼈에 금이 가면 사랑도 소용없는 것일까. 알 것 같으면서도 도무지 알 수 없는 것이 암컷 영양의 마음이라는 속담이 생각났다.

아침이 되었다. 잔뜩 찌푸린 하늘에서 비가 내리고 있었다. 멋쟁이는 절뚝이며 동굴 밖으로 나와 영양 무리 가까이 다가갔다. 영양들이 비를 맞으며 풀을 먹고 있었다.

"벌써 내 말을 잊은 거야?"

천둥이 멋쟁이를 노려보았다.

"별을 만나러 온 거야."

멋쟁이가 억지웃음을 지었다.

"건강하게 지내는 거지?"

별이 멋쟁이를 보고 잠시 반가운 표정을 지었다. 무슨 고민거리가 있는지 별의 얼굴은 반쪽이 되었다.

"뼈가 부러졌지만 많이 좋아졌어."

"그만하길 정말 다행이야."

"그동안 네 생각을 많이 했어."

"미안해."

별이 눈물을 글썽이며 고개 숙이고 한숨을 내뿜었다. 별은 늙은 엄마의 눈치를 살피고 있었다. 늙은 엄마가 멋쟁이를 흘겨보고 있었다.

"주제 파악을 영 못하는 영양이군. 절벽에서 떨어졌으면 모든 것이 끝장이야. 감히 여기가 어디라고 와서 분위기를 흐리는 거야?"

천둥이 얼굴을 찡그렸다.

"그렇게 됐군."

멋쟁이가 체념하는 표정으로 고개를 끄덕였다.

"정말 미안해."

별이 눈물을 흘리며 말했다.

가슴속에 사랑의 별빛이 반짝였다. 그 별빛은 언제까지 꺼지지 않은 채 반짝반짝 빛날 거라고 생각했다. 이별의 말을 듣는 순간 그 별빛은 별똥별처럼 스러져 더 이상 반짝거리지 않았다.

멋쟁이는 넋이 나간 표정으로 말없이 서 있었다. 영양들이 화풀이하듯 멋쟁이의 배와 다리에 뒷발질하며 욕을 퍼부었다. 늙은 노랑나비와 어울려 사느니 차라리 벼락을 맞아 죽는 게 낫다고 저주했다. 역대 최악의 우두머리, 천벌을 받은 우두머리라며 멋쟁이의 배를 쿵 받았다. 생각할수록 역겹고 꼴도 보기 싫으니 다시는 무리에 올 생각도 하지 말라고 했다. 업신여기는 눈초리와 헐뜯는 소리가 가슴속에 독화살처럼 아프게 꽂혔다.

멋쟁이는 힘없이 몸을 돌렸다. 다리에 힘이 빠져 걸을 때마다 휘청거렸다. 절벽 동굴을 향해 느릿느릿 걸음을 옮겼다. 비바람이 세차게 불고 있었다. 몸의 기운이 다 빠져나가 새처럼 하늘로 솟아올라 어디로 정처 없이 날아가 버릴 것만 같았다. 멋쟁이는 초원을 가로질러 걷다가 털썩 주저앉았다.

"고향에서 욕심 없이 살았으면 좋았을 텐데."

멋쟁이가 중얼거렸다.

멋쟁이 집안은 대대로 먼 산 너머에서 살았다. 멋쟁이 가족은 야트막한 산기슭에서 욕심도 없이 행복하게 살고 있었다. 멋쟁이는 어릴 때부터 많은 동물이 사는 초원을 동경했다. 영양의 우두머리가 되겠다는 원대한 꿈을 이루기 위해 고향을 떠나 혼자 초원에 왔다. 모험심이 강하고 싸움을 잘하는 멋쟁이는 초원에 도착해서 우두머리에게 도전해 이겼다. 우두머리가 된 다음에도 가족을 찾지 않았다. 이럴 때 가족과 함께 있으면 큰 힘이 될 것이다. 모든 것이 후회되었다. 세상을 너무 몰랐으며 철없이 살아왔다.

"미안해."

별의 목소리가 들렸다.

멋쟁이가 고개를 들었다. 별이 멋쟁이의 앞에 서 있었다.

"내가 널 만나면 천둥이 우리 가족을 괴롭힐 거야."
"날 잊고 잘 살았으면 좋겠어."
멋쟁이는 눈물을 참으며 말했다.

멋쟁이는 별을 속속들이 잘 알고 있다고 생각했다. 그녀의 성격이며 습관, 좋아하는 것과 싫어하는 것, 심지어 표정만 보고도 그녀가 무슨 생각을 하고 있는지 알아맞혔다. 이제 멋쟁이는 별에 대해 알고 있는 것이 전혀 없다는 생각이 들었다.

별은 멋쟁이의 무엇을 사랑한 것일까. 멋쟁이는 무리의 우두머리라서 권력을 손에 쥔 영양이었다. 그 권력을 사랑한 것일까. 아마도 그런 것 같았다. 별이 권력을 잡은 천둥에게 돌아섰으니 그렇게 생각할 수밖에 없었다. 가족 때문에 멋쟁이를 버린다는 것은 핑계일지 몰랐다.

"건강을 되찾고 다시 무리로 돌아오면 좋겠어."
"건강을 회복해도 나는 무리로 돌아가지 않을 거야."
"아직도 멋쟁이를 좋아하는 영양들이 있어."
"내가 머물 곳은 초원이 아니라 절벽 저쪽이야."

눈물이 방울방울 맺혀 빗방울처럼 풀잎으로 떨어지고 있었다. 멋쟁이는 눈물을 보이지 않으려고 고개를 숙였다. 멋쟁이는 입을 땅에 대고 풀줄기를 물어뜯으며 울음을 참았다.

"널 잊지 않을게."

별이 눈물을 흘리며 돌아섰다.
"기억에서 나를 깨끗이 지워 주면 좋겠어."
멋쟁이가 울음을 삼키며 말했다.
멋쟁이는 입술을 깨물고 별의 뒷모습을 바라보았다. 영양들이 멋쟁이를 외면했을 때에도 이토록 가슴이 아프진 않았다.
모든 것은 자신이 한 만큼 받게 마련이다. 착한 일을 했으면 칭찬을 받고, 악한 일을 했으면 벌을 받고, 교만하면 따돌림을 당하는 것이다. 멋쟁이는 사랑도 없이 자신을 뽐내며 무리를 다스린 우두머리였다. 멋쟁이는 자신이 잘못한 것만큼 벌을 받고 있는 것이라고 생각했다. 누구를 탓하거나 원망할 것도 없었다.

4

  사랑이란 무엇일까. 사랑이란 참고 배려하고 비교하지 않고 믿음으로 오래오래 기다려 주는 것이다. 환경에 따라 변하는 것이 사랑이라면 그건 순수한 사랑이 아닐 것이다. 멋쟁이도 별을 사랑한 것이 아닐지 몰랐다. 사랑했으면 별이 다른 영양에게 가더라도 사랑의 감정이 쉽사리 변하지 않을 것이다. 멋쟁이가 별에게 버림받았듯 별도 멋쟁이에게 버림받고 말았다.

  바람이 불어오고 있었다. 사선으로 떨어지는 빗줄기가 굵어지고 있었다. 멋쟁이는 비를 맞으며 우두커니 영양의 무리를 바라보았다. 가슴 한복판을 붉게 물들였던 별에 대한 기억은 씻은 듯이 지워져 버렸다. 이별의 눈물이 하염없이 흘러내려 빗방울처럼 떨어지고 있었다. 그때, 독수리가 낮게 날아왔다.

  "표범이 나타났어."

독수리가 말했다.
"왜 날 도와주는 거니?"
멋쟁이가 정신을 차리고 고개를 들었다.
"민들레가 내게 부탁했어."
"고마워."
멋쟁이가 절벽 위 민들레를 바라보았다.
"어서 피해."
민들레가 소리쳤다.
멋쟁이는 절벽 동굴을 향해 달렸다. 뒷다리가 불편해서 빨리 달리지 못했다. 동굴로 몸을 숨기고 머리를 내밀어 초원을 바라보았다. 표범 두 마리가 초원으로 다가오고 있었다. 민들레가 멋쟁이를 도와주지 않았으면 표범에게 잡아먹히고 말았을 것이다.
"바닥에 닿으면 더 이상 내려갈 곳이 없지."
어디서 낮은 소리가 들렸다.
"모든 것은 마음에 있지. 절망하면 끝없이 절망하고, 용기를 내면 아무리 절망적인 상황에서도 다시 일어날 수 있지."
"누구지?"
멋쟁이가 고개를 들고 동굴을 살펴보았다.
"날개도 없이 공중에서 자유롭게 지내는 동물이 있지."

"날개 없이 공중에서 어떻게 지낼 수 있을까?"

"난 바람과 별의 친구야."

"바람과 별의 친구?"

멋쟁이는 소리가 나는 곳으로 고개를 돌렸다. 동굴 입구에 거미집이 공중에 걸려 있었다. 거미가 거미줄에 매달려 멋쟁이를 보고 있었다.

"네가 절벽에서 떨어질 때, 나는 노랑나비와 대화를 나누고 있었지. 내가 먼저 너를 보고 노랑나비에게 도와주라고 했어."

"고마워."

초원의 동물이 맹수보다 힘이 약해서 당하는 것만은 아니었다. 맹수보다 힘센 동물도 있지만, 그들은 자신의 종족을 위해 한마음으로 뭉치지 않았다. 초원의 동물이 힘을 합치면 아무리 사나운 맹수라고 해도 어쩔 수 없을 것이다. 초원의 동물은 남을 도와주지 않고 자신만 살아남으려는 습성을 갖고 있었다. 절벽의 동물은 그런 초원의 동물과 뭔가 다른 것 같았다. 잘 알지도 못하고 말 한마디 나눠 보지 않은 멋쟁이를 진심으로 도와주었다. 마음씨가 곱지 않으면 아프고 병들고 약한 동물을 도와줄 수 없는 일이었다.

"그때부터 나는 널 줄곧 지켜보았어."

"나는 네가 가까이 있는 것도 몰랐어."

"오늘 초원 친구들에게 가서 무슨 일이 있었어?"

"날 좋아했던 영양을 만났어. 천둥이라는 우두머리에게 시집을 간다 하더군."

"저런."

"난 모든 영양에게 버림을 받고 혼자가 되었어."

"너는 혼자가 아니야."

"내가 혼자가 아니라고?"

"노랑나비가 너의 친구가 되었잖아. 귀뚜라미도 네 친구가 되었고, 나도 네 친구가 되었어. 독수리도 오늘 네 친구가 되었어. 절벽 위 민들레도 네 친구가 되었잖아. 네가 영양의 우두머리라면 결코 사귈 수 없는 좋은 친구들이지."

"정말 그렇구나! 내 주위에 그런 친구들이 있는 것을 몰랐어."

멋쟁이가 고개를 끄덕였다.

"절벽에서 떨어져 죽지 않은 동물은 멋쟁이뿐이지. 천사가 능력의 손으로 멋쟁이의 몸을 받지 않았으면 그 자리서 죽었을 거야. 아직 이 땅에서 뭔가 해야 할 일이 남아 있기 때문에 생명을 주관하는 신께서 멋쟁이를 하늘로 데려가지 않은 거겠지. 멋쟁이는 다시 일어나서 영양의 우두머리가 될 거야. 이곳저곳으로 떠도는 영양들을 받아들이고 약한 영양을 보호하고 함께하는 멋진 우두머리가 될 거야."

"만약… 만약… 내가 다시 건강을 회복하면 우두머리가 될 수도 있겠지. 하지만……."

멋쟁이는 어두운 표정으로 말끝을 흐렸다.

우두머리가 되려면 영양 중에서 싸움을 가장 잘해야 한다. 멋쟁이는 다리가 부러지기 전까지 싸움을 가장 잘하는 영양이었다. 싸움의 기술은 그대로 지니고 있지만 몸을 마음대로 움직이지 못했다. 몸이 회복되어 싸움을 잘하는 우두머리가 될 수 있을 것 같지 않았다. 다시 우두머리가 된다 해도 영양을 통솔하며 살아가지는 못할 것 같았다.

"우리는 멋쟁이가 사랑의 우두머리가 되리라 믿고 있어."

귀뚜라미가 나타나 말했다.

"그곳으로 돌아가기엔 너무 늦었어. 내 마음은 그곳을 떠나 아주 먼 곳에 와 있어."

멋쟁이가 슬픔에 젖은 표정으로 하늘을 바라보았다.

동굴에서 혼자 지내다 보니 마음을 들여다보는 시간이 많았다. 마음이란 세상에서 가장 넓고, 크고, 깊고, 신비로운 것이다. 때로는 마음이란 세상에서 가장 작고, 보잘것없고, 더럽고, 음침하고, 추악한 것이 되었다. 때로는 마음이란 세상에서 가장 아름답고, 뭉게구름처럼 새하얗고, 산들바람처럼 시원하고, 이슬방울처럼 맑은 것이 되었다.

절벽에서 떨어지기 전까지 멋쟁이 마음에는 영양에 대한 생각으로 가득했다. 이제 영양들은 마음 한구석에 초라한 모습으로 자리를 잡고 있었다. 기억의 화폭에서 영양들은 쓸쓸한 잿빛 풍경이 되어 점점 멀어지고 있었다.

멋쟁이는 자신이 영양이 아닐지 모른다는 생각이 들었다. 몸은 영양이지만 마음은 이미 곤충이나 풀 또는 새가 되어버린 것 같았다. 종족의 경계선을 벗어나서 외딴곳에 멀리 와 있는 느낌이었다. 갈림길에서 방향을 잃어 다시는 영양의 세계로 돌아가는 길을 잃어버린 것 같았다.

빗줄기는 가늘어져 가랑비가 내리고 있었다. 날이 저물고 있었다. 배가 고팠지만 동굴 밖으로 나가 풀을 먹지 않았다. 입맛을 잃고 말았다. 모든 것이 귀찮은 듯이 눈을 감았다.

"노랑나비도 이젠 늙었어. 얼마 살지 못할 것 같아."

귀뚜라미가 말했다.

"노랑나비가 죽으면 그를 기억하는 친구들이 많을 거야. 마음이 상한 동물들을 위해 기도하고 위로해 주곤 했잖아. 멋쟁이는 노랑나비의 마지막 친구가 되는군."

거미가 거미줄을 다듬으며 말했다.

"많이 아픈 거야?"

멋쟁이는 코를 바닥에 대고 잠자코 있다가 고개를 들었다.

"늙으면 몸이 아프게 마련이지."

"노랑나비는 멋쟁이가 건강을 회복해 다시 우두머리가 되는 걸 보고 하늘나라로 떠나고 싶다 말하더군."

멋쟁이는 다리가 부러진 영양을 여러 번 보았다. 다리를 다친 영양은 대부분 오래 살지 못했다. 빨리 달리지 못하는 영양은 맹수의 먹이가 될 수밖에 없었다. 멋쟁이가 다리를 다치고도 아직 살아 있는 것은 몸을 숨길 수 있는 동굴에서 지내고 있기 때문이었다. 초원에서 지냈으면 벌써 맹수의 먹이가 되었을 것이다. 동굴에서 지내는 동안 부러진 다리가 튼튼해지면 빨리 달리게 될 것이다. 노랑나비의 소망대로 다시 우두머리가 되는 것은 몹시 어려운 일이 아닐지 몰랐다.

"우두머리로 분주히 살아온 것은 다 헛된 일이었어. 평범한 영양이 되어 조용히 살고 싶어."

멋쟁이가 다짐하듯 고개를 끄덕이며 말했다.

멋쟁이는 스스로 놀랄 만큼 많이 변해 있었다. 우두머리가 되고 싶은 욕심이 깨끗하게 사라졌다. 다시는 무리로 돌아가고 싶지도 않았다. 정이 많고 따뜻한 마음씨를 지닌 친구들과 함께 동굴에서 살아가는 것으로 만족했다.

5

 밤새 비구름이 세찬 바람에 밀려 멀리 줄행랑쳤다.
 날이 밝았다. 해맑은 아침 햇살이 초원의 이슬에 내려앉아 반짝반짝 보석처럼 빛나고 있었다.
 노랑나비가 동굴로 날아왔다. 멋쟁이는 노랑나비 날개를 보았다. 하루가 다르게 날개 색깔이 바래지고 있었다. 노랑나비는 늙고 지쳐 힘을 잃어 가고 있었다.
 "어제 어딜 갔다 온 거야?"
 "날 무척이나 좋아했던 영양을 만났지. 그녀는 이미 천둥이란 우두머리와 지내고 있더군. 가슴이 몹시 아팠어. 이별의 아픔으로 의기소침해 있지는 않을 거야. 그녀를 잊는 데는 하룻밤이면 충분하지. 비가 그쳤고 초원은 나를 기다리고 있어. 난 몸을 다치기 전처럼 건강을 회복할 수 있어. 절뚝이며 달리다 보면 다친 다리가 쭉 퍼질 거야. 친구들에게 멋진 모습을 보여주고 싶어."
 멋쟁이가 활기찬 표정으로 말했다.
 귀뚜라미와 거미가 웃음을 터뜨렸다.
 노랑나비가 동굴 밖으로 날아가고 있었다. 멋쟁이는 노랑나비를 따라 동굴 밖으로 나갔다.
 "달리다 보면 다리에 힘이 생기고 놀란 근육도 조금씩 좋아질 거야."
 "느리게 달릴 수는 있을 거야."
 노랑나비가 멋쟁이 앞에서 빠르게 날기 시작했다. 멋쟁이는 절뚝이며 노랑나비를 쫓아갔다. 뒷다리 힘줄이 켕기고 갈비뼈가 아팠지만, 노랑나비를 따라다니는 것이 힘들게 느껴지지 않았다. 혼자 초원에서 운동을 하면 부끄러워 그만 포기하고 말았을 것이다.
 "절벽에서 떨어져 미쳤나봐."
 "늙은 노랑나비와 놀고 있잖아."
 초원의 동물들이 수군거렸다.
 "신경 쓸 것 없어. 우린 열심히 운동을 하면 되는 거야."
 노랑나비는 되도록 동물이 보이지 않는 곳으로 날아다녔다. 느리게 날다가 빨리 날고, 더 느리게 날다가 아주 빨리 날기도 했다. 두 시간 동안 운동을 하고 숲속 나무 그늘에 앉아 쉬었다. 대화를 나누다가 다시 초원에서 운동했다. 뒷다리 굳은 근육이 유연해져 아침보다 빨리 뛰었다.

"워낙 건강했던 몸이라 회복이 빠르네."

"도와줘서 고마워."

"기운이 없어 많이 도와주지 못하는군."

노랑나비는 기운이 빠져 잘 날지 못했다.

"힘들면 내 머리에 앉아."

"젊었을 때는 새처럼 빨리 날아다녔는데."

노랑나비가 멋쟁이의 부러진 뿔에 사뿐 앉았다.

무게마저 제대로 느낄 수 없는 노랑나비. 그 노랑나비가 멋쟁이의 가장 친한 친구가 되었다. 멋쟁이는 노랑나비를 머리에 태우고 걷는 것이 너무 행복했다.

"노랑나비야!"

멋쟁이가 노랑나비를 불렀다.

"그때 왜 나를 도와준 거니?"

"절벽에서 떨어져 기절해 있는 동안 네 마음은 나와 친해지기를 간절히 원했어. 나는 그 마음을 느낄 수 있었지. 그 순간부터 우리는 친구가 되었어. 나는 네가 다친 것을 보고 가슴이 아팠지. 친구가 되었기 때문에 가슴이 아팠던 거야."

"그래, 우리는 친구이지."

친구가 아니라면 노랑나비 날개를 보고도 아무렇지 않을 것이다. 멋쟁이는 늙은 노랑나비 날개를 볼 때마다 마음이 쓰렸다.

"멋쟁아!"

"친구가 아닌 동물이 내 이름을 부르면 아무런 느낌도 없어. 친구가 내 이름을 부르면 가슴이 뛰고 행복해."

"너는 내게 도움만 받는다고 생각하지. 그렇게 생각하지 마. 내가 네 이름을 부를 때마다 가슴속에 행복한 감정이 가득 고이는 느낌이야. 내가 너한테 하나를 주고 많은 것을 받고 있어."

"나도 노랑나비를 부를 때마다 행복한 감정이 가득 차오르는 느낌이야."

우두머리로 살아가던 시절, 멋쟁이는 영양을 많이 거느린 만큼 성공했다고 생각했다. 멋쟁이의 행복은 곧 힘과 권력이었다. 힘과 권력이 없는 행복은 상상조차 못 했다. 이제 그런 생각은 어디에도 남아 있지 않았다. 영양 무리에서 쫓겨났고 모든 영양에게 버림을 당했지만, 그때보다 더욱 행복했다. 멋쟁이는 다정한 친구의 곁에 있는 것만으로 즐거웠다.

멋쟁이는 노랑나비를 절벽 아래에 내려놓고 동굴로 돌아왔다.

"노랑나비가 멋쟁이를 살리는군. 그때 내가 노랑나비를 살려 준 것은 정말 잘한 일이었어. 귀뚜라미 말을 듣기 잘했지."

"노랑나비가 거미줄에 걸렸었어?"

멋쟁이가 눈을 크게 뜨고 물었다.

"노랑나비가 젊었을 때 새에 쫓겨 동굴로 들어오다 거미줄에 걸렸었지. 요즘도 멋이 있지만 그때는 정말 멋진 나비였지. 내 거미줄에 걸린 것 중에서 살아남은 것은 노랑나비가 처음이자 마지막이야."

"젊었지만 생각이 깊은 노랑나비였어. 거미줄에 걸리자 자신의 상황을 깨닫고 움직이지도 않더군. 만약 살겠다고 움직였으면 거미가 노랑나비를 거미줄로 꽁꽁 묶어 놓았을 거야. 노랑나비가 거미에게 뭐라고 말했는지 알아?"

귀뚜라미가 말했다.

"뭐라고 했어?"

"날개도 없는 거미가 공중에 투명한 거미줄로 집을 짓고 살아가는 것이 정말 멋지다고 했어. 날개 없는 것이 날개 있는 것을 잡으니 거미는 새보다 높이 날고 멀리 본다고 했어. 거미줄에 걸리면 대부분 달아나려고 몸부림치거나 살려 달라고 애원하지. 노랑나비는 그런 것들과 달랐어."

"노랑나비는 보통 나비가 아니었군."

"노랑나비에게 친한 친구가 있었어. 항상 같이 다녔는데, 친구가 노랑나비를 대신해 새한테 잡혀 죽었대. 친구가 노랑나비 목숨을 구한 것이지. 그 이후로 노랑나비는 어렵고 불쌍한 곤충이

나 동물을 보면 도와주었대. 그때도 잠자리를 구하려다가 새한테 쫓긴 것이지. 잠자리가 노랑나비에게 도와 달라 소리쳤고, 노랑나비가 새에게 다가갔다 달아나며 동굴로 들어오다가 거미줄에 걸린 것이지. 남을 도와주려다가 자신이 위험에 빠지고 말았지. 하지만 노랑나비는 잠자리를 원망하지 않았어."

"그랬구나!"

멋쟁이가 감동을 받은 표정으로 고개를 끄덕였다.

"귀뚜라미가 노랑나비를 살려주라고 했어. 나는 귀뚜라미의 친구이고, 친구의 말을 들어줬지. 나도 노랑나비를 죽일 마음이 없었어. 그때부터 우리는 노랑나비의 친구가 되었지. 멋쟁이는 노랑나비의 친구가 되었고, 노랑나비의 친구는 우리의 친구도 되는 것이지. 하하하."

거미가 웃자 거미줄이 흔들렸다.

어제까지만 해도 동굴은 안개에 갇힌 듯이 고즈넉한 정적에 잠겨 있었다. 멋쟁이가 운동을 시작하자 동굴은 힘찬 기운으로 가득해졌다. 귀뚜라미가 시를 지어 노래를 불렀다. 거미는 콧노래를 부르며 거미집을 새로 만들었다.

멋쟁이는 노래를 들으며 거미의 모습을 지켜보았다. 날개도 없는 거미가 끈적끈적한 실을 뽑아내어 자로 잰 듯이 공중에 그물을 얽는 모습은 볼수록 아름답고 신비로운 장면이었다. 먹이를 잡으려는 게 아니라 밤하늘의 별과 교신하려 투명한 안테나를 만들고 있는 것 같았다. 초원에서 건강하게 지낼 때는 한 번도 이런 것을 자세히 본 적이 없었다. 행복감에 흠뻑 젖은 멋쟁이의 얼굴에 웃음꽃이 피었다.

6

 하늘이 활짝 개어 맑았다. 드높은 하늘에 흰 구름 몇 조각이 높은 산 너머로 느릿느릿 흘러가고 있었다. 자유롭고 가벼워 어디에도 갈 수 있는 구름. 어느 누구의 새하얀 마음이 구름이 되어 긴 여행을 떠나고 있는 것 같았다.
 멋쟁이 마음도 구름을 따라 산 너머 고향으로 흘러가고 있었다. 부모와 형제가 있는 곳에서 살아가면 마음과 몸이 한결 가뜬해지고 좋아질 것이다. 멋쟁이는 당장 고향으로 달려가고 싶었지만 고개를 가로저었다. 부모와 형제는 멋쟁이가 영양의 우두머리가 된 것을 알고 있었다. 그들은 멋쟁이를 자랑스럽게 생각했다. 이런 모습으로 고향에 가서 그들을 실망시키고 싶지 않았다.
 "부모와 형제는 잘 지내고 계실까?"

멋쟁이가 구름을 바라보며 중얼거렸다.

노랑나비가 멋쟁이를 도와주러 동굴로 날아왔다. 멋쟁이는 노랑나비 날개를 보자 눈꺼풀이 바르르 떨렸다. 눈물이 핑그르르 돌았다. 왜 이리도 가슴이 아린 것일까. 멋쟁이는 자신의 몸이 그렇게 된 것처럼 느껴졌다. 아니, 자신의 몸이 그렇게 된 것보다 더 아프게 느껴졌다. 힘을 잃은 얇은 날개로 향기로운 꽃을 찾아 멀리 날아다닐 수 없을 것 같았다.

멋쟁이는 노랑나비와 함께 동굴 밖으로 나왔다.

"멋쟁이의 건강이 점점 좋아지는군."

"부러지고 금이 간 갈빗대도 많이 좋아졌고 뒷다리에 힘이 샘솟는 느낌이야. 노랑나비 덕분이야. 노랑나비가 아니었으면 초원에서 이렇게 다시 걷고 운동할 용기도 못 냈겠지. 나는 노랑나비에게 많은 것을 받기만 하고 아무것도 주지 못하는군."

"나를 머리에 태우고 여기저기 다녔잖아. 네가 아니었으면 나뭇가지나 풀잎에 앉아 건강한 나비와 새를 보며 부러워했겠지."

노랑나비가 멋쟁이 앞에서 날기 시작했다.

"힘들면 내 머리에 앉아."

멋쟁이가 노랑나비를 쫓아가며 말했다.

"벌써 숨이 차는군."

노랑나비가 멋쟁이 머리에 앉았다.

"멋쟁이 머리에 앉으니 세상 모든 걸 얻은 기분이야."

노랑나비가 유쾌하게 웃었다.

"노랑나비를 위해 무엇이든 하고 싶어. 무엇을 해야 할지 잘 모르겠어."

"내가 젊었을 때에 나 대신 죽은 나비가 있었지. 나는 그 나비에게 도움을 받았지. 거미와 귀뚜라미에게도 도움을 받았어. 나도 힘닿는 대로 다른 동물을 도와주었지. 그렇게 살다 보니 사랑은 더 많은 사랑을 낳는 것을 알게 되었어. 멋쟁이도 건강을 회복하면 사랑의 씨앗을 뿌리며 살아가면 좋겠어."

"친구의 말을 잊지 않을게."

"오늘은 어제보다 빠르게 뛰어보자."

"알았어."

멋쟁이는 절뚝이며 초원을 달리기 시작했다.

"절벽에서 떨어지고 아름다운 것을 볼 수 있는 마음의 눈이 좀 열렸어. 절벽 동굴에서 지내며 아름다운 것들을 보았어. 그 중에서 가장 아름다운 것이 있었어."

"뭐가 가장 아름다웠어?"

"내 친구 노랑나비가 가장 아름다웠어."

"늙어 날개의 색깔도 많이 바래지고 볼품없이 변했어."

"가벼운 날개로 날아다니는 노랑나비는 바람 같기도 하고 한 송이 꽃 같기도 하고 영혼의 날개 같기도 했어. 네가 더욱 아름다운 것은 따뜻한 마음으로 사랑을 나눠주기 때문이야. 다리를 다치기 전까지만 해도 난 겉모습만 갖고 아름다움을 말했지. 마음이 아름다운 것이 가장 아름답다는 것을 절벽 동굴에서 지내며 깨달았어."

멋쟁이가 눈물을 글썽이며 말했다.

"내 눈에는 멋쟁이가 가장 아름답게 보였어. 다리를 절면서도 꿈을 포기하지 않는 영양이 가장 아름답게 보였어."

"나를 좋아해서 그렇게 보이는 거겠지."

"멋쟁이는 최고야!"

"내겐 노랑나비가 최고야!"

멋쟁이가 초원의 동물들에게 들리도록 큰 소리로 말했다.

"날개 힘이 약해지니 젊어서 마음껏 날아다니던 곳에 가고 싶어지네. 저쪽 숲속 근처 웅덩이에 가주면 고맙겠어."

"어디든 말만 하면 달려가 줄게."

멋쟁이는 숲속 근처의 웅덩이로 달려갔다.

"물속의 세계는 땅의 세계와 다르지. 밤에 이곳에 온 적이 있었지. 웅덩이에 별과 달이 내려앉아 물고기와 놀고 있더군. 물고기가 외로워서 별과 달을 부른 모양이야. 저 물고기는 한 달 전보다 많이 자랐군."

노랑나비가 웅덩이를 보며 말했다.
멋쟁이는 웅덩이 가장자리로 다가갔다.
"물에 멋쟁이의 잘생긴 얼굴이 보이는군."
"정말 내 모습이 보이네."
멋쟁이는 물에 비친 자신의 모습을 보았다. 큰 병을 앓은 듯이 몸이 빼빼 마르고 여윈 얼굴에 퀭한 눈, 머리의 뿔은 부러져서 우스꽝스러운 영양이 되어 있었다. 멋쟁이는 자신의 모습이 무척 낯설게 보였다. 이상하게도 눈에서 광채가 번득이고 있었다.
"내 모습을 보여 주려고 이곳에 오자고 했군."
멋쟁이가 고개를 끄덕이며 말했다.
"절벽에서 떨어진 모습을 봐야 안심이 되잖아."
"고마워."
"늙으니까 생각나는 것도 많고 가고 싶은 데가 많아지는군. 절벽 위에도 가고 싶어. 그곳에서 초원을 내려다보며 내가 젊었을 때에 마음껏 날아다니던 곳을 보고 싶군."
노랑나비가 절벽을 바라보며 말했다.
멋쟁이는 절벽 생각을 하자 몸을 부르르 떨었다. 우두머리로 살아오며 쓴소리를 듣지 않았다. 잘생기고 멋지고 매력적인 영양이라는 말만 들으며 살아왔다. 어떤 영양도 멋쟁이의 기분을 상하게 하지 않았다. 어떤 영양도 멋쟁이에게 올바른 소리를 하려 들지 않았다. 멋쟁이는 까마귀에게 그런 놀림을 받고 흥분하지 않을 수 없었다. 듣기 좋은 말만 들으며 살아와서 참는 법을 몰랐다. 그때 흥분을 가라앉히고 조금만 참았으면 절벽에서 떨어지지 않았을 것이다.

멋쟁이는 몸을 돌려 절벽으로 달려갔다.
"까악까악."
까마귀가 뾰족한 바위에 앉아 있었다.
"날 마귀라고 하면 어떻게 되는지 좋은 경험을 했겠지."
"네 말대로 될 뻔했지."
"다른 영양 같았으면 그 자리서 죽었어."
"칭찬을 해줘 고맙군."
"다리를 절어 멋쟁이란 이름이 어울리지 않는군."
까마귀가 바닥에 내려앉아 한쪽 다리를 절뚝이며 걸었다.
"그만하면 좋겠는걸."
"이름을 절뚝발이로 바꾸는 것이 어때?"
까마귀가 하늘로 날아오르며 깔깔대었다.
"몸이 불편한 동물을 놀리지 마."
노랑나비가 말했다.
"나비 주제에 멋쟁이 머리에서 노란 꽃으로 피었다고 착각하는 것은 아니겠지. 아침도 먹지 못했는데 내 먹이가 되어 줄래?"

"남을 헐뜯고 상처를 주면 좋을 것이 하나도 없어."

"너도 독수리처럼 건방지기 그지없는 녀석이야. 아주 뜨거운 맛을 봐야 까불지 않겠지."

까마귀가 멋쟁이 머리를 향해 날아오고 있었다. 노랑나비가 공중으로 날아올랐다가 멋쟁이 머리에 내려앉았다. 까마귀가 방향을 돌려 다시 노랑나비를 잡으러 날아왔다. 노랑나비가 멋쟁이 배 아래로 내려갔다가 위로 날아올라 머리에 앉았다.

"늙은 것이 제법이군."

"경고할게. 다시는 멋쟁이를 놀리지 마."

"감히 나한테 명령하는 거야?"

"그래, 명령이다."

"넌 오늘 내 뱃속으로 들어가고 말 거야."

"그러다가 네가 먼저 다쳐."

갑자기 바람 소리가 들려왔다. 독수리가 하늘에서 커다란 원을 그리다가 까마귀를 향해 쏜살같이 날아오고 있었다. 독수리가 까마귀 날개를 덮쳐누르며 부리로 왼쪽 눈을 쪼아대고 하늘로 날아올랐다.

"남을 괴롭히면 오른쪽 눈마저 멀게 해줄게."

노랑나비가 말했다.

까마귀는 비명을 지르며 숲속으로 날아갔다.

"독수리는 노랑나비의 친구이군."

"혼자 외롭게 지내면 항상 혼자 살아가지. 친구를 사귀고 좋아하면 계속 많은 친구가 생기고, 어디에 가든 좋은 친구가 있지. 앞으로 어려운 일이 닥치면 하늘의 독수리를 불러."

"알았어."

멋쟁이가 고개를 끄덕이며 독수리를 바라보았다.

까마귀가 숲속 나뭇가지에 앉아 이쪽을 바라보았다. 새들이 그리로 날아와서 시끄럽게 떠들고 있었다. 새들이 독수리의 친구 노랑나비를 조심해야 된다고 했다. 절벽에서 떨어진 멋쟁이에겐 막말을 하면 안 된다고 했다. 왼쪽 눈이 먼 까마귀는 피를 흘리며 아무 말도 하지 않았다.

"까마귀 때문에 다리가 부러진 동물도 있고 몇몇 동물은 죽기까지 했어. 왼쪽 눈을 다친 것으로 정신을 차렸으면 좋겠어. 다시 동물을 괴롭히면 내 친구가 가만두지 않을 거야."

노랑나비가 까마귀를 바라보며 큰 소리로 말했다.

멋쟁이가 노랑나비를 머리에 태우고 절벽 위에 도착했다. 절벽 위 바위틈에 뿌리를 내린 민들레 줄기에 샛노란 꽃이 피어 있었다. 노란색 꽃 때문에 암갈색 바위 전체가 활짝 웃고 있는 것 같았다. 노랑나비가 민들레꽃에 앉았다. 노랑나비도 한 송이 어여쁜 꽃으로 피어났다.

"멋쟁이는 점점 빨리 달리더군. 두려워하지 말고 용기를 내어 도전하면 뜻한 바를 이룰 수 있어. 앞으로 열흘이면 표범에게 잡히지 않을 것 같군."

민들레가 말했다.

"독수리를 불러줘서 너무 고마웠어."

"당연히 친구로서 할 일을 했을 뿐이야."

민들레가 꽃잎을 흔들며 말했다.

바람이 불어오고 있었다.

"내 친구 바람이 왔군."

바람도 민들레의 친구였다. 바람이 민들레 잎을 어루만지고 다른 곳으로 떠나갔다.

멋쟁이는 망설이다가 절벽 끝으로 조심조심 다가갔다. 한쪽 발만 헛디뎌도 낭떠러지로 곤두박질치고 말 것이다. 다리가 부들부들 떨리며 어지러웠다. 멋쟁이는 눈을 감고 숨을 길게 내쉬었다. 어둡고 슬픈 생각은 곧 사라지고 가슴속에 밝은 빛이 비춰졌다. 고통의 장소에 와 있지만 더 이상 고통스럽지 않았다. 가슴이 시원해지는 느낌이었다. 이제 절벽 위는 두려움의 장소가 아니었다.

눈을 뜨자 초원에서 동물들이 한가로이 쉬고 있는 모습이 보였다. 멋쟁이는 깜짝 놀란 표정으로 절벽 아래를 내려다보았다.

언제 왔는지 영양 한 마리가 멋쟁이를 찾으며 주변을 두리번거렸다. 왼쪽 뒷다리를 절뚝이는 영양의 이름은 순양이었다. 비둘기처럼 유순하고 착한 영양이라고 해서 그런 이름이 붙었다. 순양은 태어날 때부터 다리를 절었다.

표범이 저만치 초원으로 다가오고 있었다.

"영양이 위험해."

멋쟁이가 소리를 질렀다.

"정말 그렇군."

민들레가 말했다.

"다리를 절어 잘 뛰지 못하는 영양이야."

멋쟁이가 노랑나비에게 말했다.

노랑나비가 공중으로 날아올라 독수리에게 도움을 청했다. 높은 바위에 앉아 있던 독수리가 절벽 아래로 내려갔다. 순양이 독수리의 안내를 받아 바위 뒤로 몸을 숨겼다.

"표범이 숲속으로 들어가면 노랑나비를 태우고 아래로 내려갈게."

멋쟁이가 밝은 표정으로 말했다.

"내 걱정은 하지 말고 영양한테 어서 가봐."

"젊은 영양이 찾아오는 걸 보면 멋쟁이의 건강이 많이 좋아졌군."

민들레와 노랑나비가 웃음을 터뜨렸다.

멋쟁이가 영양 무리를 다스리던 시절, 순양은 멋쟁이에게 다가올 엄두조차 못 냈다. 아름답지 못한 영양, 다리를 저는 영양은 멋쟁이와 가까이 지낼 수 없었다. 멋쟁이는 까다롭고 도도한 우두머리였다. 멋쟁이는 다리가 불편한 순양에게 용기를 북돋우는 말을 해준 적이 없었다. 어떤 도움을 주지 못했으며 따뜻한 눈길 한번 주지도 않았다. 그런 순양이 멋쟁이를 만나러 절벽 아래까지 왔다. 지난 일을 생각하면 부끄러워 쥐구멍에 숨고 싶을 지경이었다.

7

 멋쟁이는 절벽을 돌아 내려가서 순양의 곁으로 뛰어갔다. 세상에서 가장 아름답고 순결한 영양을 만난 느낌이었다. 가슴이 쿵쿵 뛰고 있었다.
 "안녕하세요."
 "오랜만이야! 초원을 가로질러 오면 위험해."
 멋쟁이는 바위 뒤에 숨어 표범을 바라보았다.
 한쪽 다리가 짧은 영양이 혼자 초원을 가로질러 절벽 아래까지 왔다. 목숨을 걸지 않으면 이곳에 올 수가 없었다. 목숨을 건 이유는 무엇일까. 사랑하기 때문에 이곳에 온 것이다. 사랑하면 오아시스를 찾으러 지옥 같은 사막을 건너갈 수도 있다. 사랑하면 급류가 흐르는 협곡을 건너뛸 수 있다. 사랑하면 맹수의 무서움을 너끈히 이길 수 있는 것이다.

멋쟁이는 눈물을 참으며 순양을 보았다. 순양은 멋쟁이가 자신을 싫어할까 걱정이 되는지 고개를 숙이고 있었다.
"날 만나러 와 줘서 고마워!"
멋쟁이가 순양을 반가이 맞이했다.
"날 진심으로 반겨줘서 고마워요!"
순양이 긴장을 풀고 미소를 지었다.
"순양은 매우 예뻐졌군."
멋쟁이 앞에 서 있는 순양은 결코 평범한 영양이 아니었다. 이토록 아름답고 귀엽고 매력적인 영양을 본 적이 없었다. 멋쟁이는 순양이 왜 그렇게 보이는지 잘 알고 있었다. 마음의 눈으로 순양을 보기 때문에 그렇게 보이는 것이다.
표범이 초원을 지나 숲속으로 들어갔다.
"표범 눈에 띄면 위험해. 내가 사는 동굴로 가자."
멋쟁이가 순양과 함께 동굴로 뛰어갔다.
"동굴이 아주 아늑하고 좋네요."
순양이 동굴을 둘러보며 말했다.
"이곳에서 친구들을 사귀었어."
"이곳에 멋쟁이의 친구들이 있어요?"
순양이 놀란 표정으로 물었다.
"안녕! 난 멋쟁이의 친구 귀뚜라미야. 밤하늘의 아름다움과 자연을 노래하는 귀뚜라미야."

귀뚜라미가 자신을 소개했다.

"난 멋쟁이의 친구 거미야. 날개도 없이 공중에 떠 있는 가벼운 동물이지."

거미가 거미줄을 흔들며 자신을 소개했다.

"만나서 반가워요."

순양이 미소 지으며 귀뚜라미와 거미를 보았다. 귀뚜라미와 거미는 무슨 일로 바쁜 듯이 움직이며 순양을 흘끔흘끔 보았다.

"건강은 좋아졌나요?"

순양이 멋쟁이의 뒷다리를 보았다.

"응, 많이 좋아졌어."

"멋쟁이 때문에 밤마다 잠들지 못했어요."

"잠들지 못했다고?"

"건강하게 잘 지내는지 걱정을 많이 했어요."

그 말을 듣자 가슴이 벅차올랐다. 멋쟁이를 걱정하며 밤마다 뜬눈으로 지새운 영양이 초원 저편에 살고 있었다. 멋쟁이는 그런 영양이 있는지조차 몰랐다. 이토록 못나고 멍청한 영양이 세상 어디에 또 있을까 싶었다.

"날 보고 싶어서 이곳에 온 거야?"

"밤하늘 달님도 누구의 얼굴로 보였고, 밝은 금성도 누구의 눈동자로 보였어요. 멋쟁이 얼굴을 많이 보고 싶었어요."
　순양이 얼굴을 붉혔다.
　"영양의 소식도 전하러 이곳에 온 거예요. 천둥이 우두머리가 되고 나서 영양들은 두려움에 떨고 있어요. 벌써 영양 열 마리가 표범과 늑대에게 잡혀 죽었어요."
　"그렇게 많이 죽었어?"
　멋쟁이가 눈을 크게 뜨고 물었다.
　천둥이 우두머리 경험이 부족해서 그런 일을 당하는 것 같았다. 한두 달 동안 우두머리 경험을 다 쌓을 수 없다. 적어도 일 년 이상 우두머리 노릇을 해야만 무리를 잘 다스릴 수 있다. 싸움만 잘한다고 훌륭한 우두머리가 되는 것은 결코 아니었다.
　"영양들이 멋쟁이에게 다시 우두머리가 될 생각이 있는지 물어보라고 했어요."
　"다리를 저는 영양은 우두머리가 될 수 없잖아."
　"건강을 회복하면 그전의 모습을 되찾을 수 있을 거예요."
　"난 무리로 돌아갈 생각이 없어."
　멋쟁이가 화난 표정으로 말했다.
　멋쟁이는 여러 가지 부족한 점이 많았지만, 무리를 보호하기 위해 열심히 노력한 우두머리였다. 절벽에서 떨어진 이후로 그 모든 것이 부질없는 일로 여겨졌다. 이제 우두머리에 대한 욕심은 전혀 없었다. 무리로 돌아가는 것은 상상하기도 싫었다. 그곳에는 멋쟁이의 친구가 없었다. 그곳에는 멋쟁이의 힘과 권력만을 요구하는 약삭빠른 영양들만 있을 뿐이었다.

"나를 도와준 영양은 한 마리도 없었어."

"천둥 때문에 쉽게 나서지 못했어요."

"영양들은 나를 버렸어. 그들이 맹수에게 당하든지 말든지 내가 걱정할 일이 아니잖아."

멋쟁이가 화를 벌컥 냈다.

"으흠, 으흠."

귀뚜라미가 헛기침했다.

날이 어두워지면 밤하늘에 사모하는 사람의 눈동자 같은 달이 뜰 거라고, 어둑새벽에 달이 꾸벅꾸벅 졸다가 지평선 너머로 기우뚱 미끄러지면 별도 하나 둘씩 스러지고, 아침이 되면 눈부신 햇살이 초원의 이슬에 내려앉아 반짝반짝 빛날 거라고 귀뚜라미가 중얼거리듯 노래를 불렀다.

순양이 당혹한 표정을 지으며 말없이 서 있었다. 멋쟁이는 순양에게 자신의 속마음을 솔직하게 말한 것이 후회되었다. 순양은 멋쟁이를 만나기 위해 목숨을 걸고 이곳에 왔다. 무리의 안전을 위해 영양들의 뜻을 전하러 이곳에 왔다. 시간을 두고 생각해 보자고 너그럽게 말을 했으면 좋았을걸.

"미안해. 내가 화를 낸 것은 나 자신 때문이야. 다 내가 부족하고 잘못해서 이런 일이 벌어졌어.

멋쟁이가 변명하듯 말하며 순양을 보았다.

"멋쟁이 말을 듣고 마음이 아팠어요. 영양들이 멋쟁이를 외면했을 때 깊은 상처를 받았잖아요. 영양들이 그 마음을 헤아리지 못하고 자신들이 필요한 것만 요구했어요. 내가 멋쟁이라도 그렇게 말할 수밖에 없을 거예요."

"다리 아프게 서 있지 말고 바닥에 편히 앉아."

멋쟁이가 먼저 동굴 바닥에 앉았다. 순양이 멋쟁이의 옆에 앉았다.

"나도 멋쟁이 마음을 헤아리지 못했어요. 미안해요."

"순양이 내게 미안해할 것은 없어. 난 순양이 이곳에 온 것을 고맙게 생각하고, 순양의 얼굴을 보며 대화를 나누는 것만으로 기쁘고 행복해."

멋쟁이는 순양 옆에 앉아 있는 것이 너무 좋았다. 누군가의 옆에 있는 것만으로도 마냥 행복할 수 있는 것을 이제야 깨달았다. 이대로 시간이 영원히 멈춰 버렸으면 싶었다.

"오늘 내가 이곳에 온 것은 초원의 생활이 갈수록 위험하기 때문이에요. 언제 맹수에게 당할지 알 수가 없어요. 끔찍한 일을 당하기 전에 멋쟁이 얼굴을 보고 싶었어요. 그리고……내 마음을 멋쟁이에게 보여 주고 싶었어요."

"위험하면 이곳에서 나와 같이 지내면 안 될까?"

"엄마 몸이 편찮아서 초원으로 돌아가야 해요."

"용감한 천둥이 우두머리가 되었으니 순양 엄마도 잘 보호해 줄 거야."

"멋쟁이가 우두머리일 때 난 항상 마음이 편했어요. 멋쟁이가 우릴 보호해 줄 거라는 믿음이 있었기 때문이에요. 천둥이 우두머리가 되고 왠지 불안했어요. 내가 아직 살아 있는 것은 기적이에요. 내가 무리 중에서 가장 느리고 뛰지도 못하잖아요."

가슴이 덜컥 내려앉았다. 순양이 아직 살아 있는 것은 운이 좋았기 때문이었다. 순양이 가장 먼저 표범이나 늑대에게 잡힐지 몰랐다. 순양은 왼쪽 뒷다리를 절뚝거려 어린 영양보다 느리게 달렸다.

"내 말을 잘 기억해. 맹수가 나타났을 때 가장자리로 밀려나면 안 돼. 힘들어도 무리 속에서 뛰며 맹수가 어느 방향으로 공격하는지를 살펴야 하는 거야. 무리가 뿔뿔이 흩어질 때는 맹수의 반대 방향으로 뛰면 살 수 있어."

"그 말을 잊지 않을게요."

순양이 고개를 끄덕이며 말했다.

날이 어두워졌다. 달빛이 동굴을 은은하게 비추고 있었다. 벌써 헤어져야 할 시간이 되었다. 좋아하는 영양 곁에 있으면 시간이 빨리 지나가는 것일까. 시간이 날아가는 화살처럼 순식간에 지나가버렸다.

　멋쟁이는 순양을 초원으로 보내는 것이 걱정되었다. 멋쟁이는 순양을 초원으로 보내고 싶지 않았지만 어쩔 수 없었다. 엄마 몸이 많이 아픈 모양이었다.

　순양이 거미와 귀뚜라미에게 건강한 모습으로 다시 만나자고 했다. 거미와 귀뚜라미는 순양에게 조심해서 가라고 인사했다.

　멋쟁이는 동굴 밖으로 머리를 내밀고 초원을 바라보았다. 대부분의 맹수들은 밤눈이 밝아 밤에 사냥을 잘했다. 사냥하러 초원에 온 맹수의 눈빛이 보이지 않았다. 멋쟁이는 동굴 밖으로 나와 절벽 위를 쳐다보며 짧고 굵은 소리를 내었다. 절벽 위에 앉아 있던 독수리가 밤하늘로 날아올라 멋쟁이 앞쪽을 살피며 날기 시작했다.

　멋쟁이와 순양은 나란히 초원을 걸었다. 초원 저편에서 새된 외마디 비명이 들려왔다. 순양이 흠칫 놀라 멋쟁이 곁으로 바짝 붙어 걸었다.

　멋쟁이는 순양 옆에서 걷는 것만으로도 고맙고 기뻤다. 순양의 발소리, 숨 쉬는 소리, 목소리와 눈빛을 가슴에 담았다. 숨을 들이마셔 향긋한 냄새도 가슴에 담았다. 왼쪽 뒷다리를 저는 모습을 가슴에 담았다. 순양을 다시 만나고 싶지만 마음대로 되지 않는 것이 초원의 삶이었다. 언제 맹수에게 당할지 모르기 때문에 내일 일을 알 수가 없었다. 오늘이 마지막일지 몰랐다. 멋쟁이는 순양의 모든 것을 가슴에 담았다.

독수리는 시력이 좋아 먼 곳의 동물도 예리하게 볼 수 있다. 독수리는 멋쟁이 앞쪽으로 날며 위험 신호를 보내지 않았다. 멋쟁이는 되도록 느리게 걸으며 순양 곁에 잠시라도 더 있으려고 했다. 멋쟁이와 순양은 동굴에서 꽤 떨어진 곳까지 걸어왔다. 숲에서 가까운 초원 저쪽에 영양 무리가 모여 있었다.

"저를 환영해 줘서 고마워요."

"못난 영양을 만나러 와 줘서 정말 고마워. 다음엔 혼자 오면 안 돼. 그리고 맹수가 공격할 때에 어떻게 하는지를 한순간도 잊지 마."

"잊지 않을게요."

"내 삶에서 가장 행복하고 기쁜 날이었어."

멋쟁이가 순양의 눈을 들여다보며 말했다.

눈은 마음의 거울이다. 멋쟁이는 순양 눈에서 어떤 영양의 모습을 보았다. 순양 마음속에는 그 영양에 대한 걱정과 그리움으로 한가득한 것 같았다.

사랑이란 밤하늘 별빛처럼 빛나는 것이다. 순양 눈엔 변함없는 사랑의 빛이 빛나고 있었다. 변치 않는 사랑을 하는 동물의 눈에만 고여 있는 순수한 빛이었다. 언제부터 순양이 멋쟁이를 사랑했을까. 어린 시절부터 멋쟁이를 사랑한 것 같았다. 늦기는 했지만 이제라도 순박한 순양의 마음을 알게 되어 정말이지 다행이었다.

"건강한 모습으로 다시 만나요."

순양이 영양의 무리를 향해 절뚝이며 뛰어갔다. 얼마 후에 순양이 영양 무리가 있는 곳에 도착했다. 멋쟁이는 눈물을 머금은 눈으로 순양을 바라보고 몸을 돌렸다.

소중하고 아름다운 것을 볼 줄 몰랐던 우두머리. 친구가 없으면서 외로운 것도 몰랐던 우두머리. 그런 우두머리로 살아가던 시절 못생긴 순양을 눈여겨본 적이 없었다. 모든 것을 잃고 가슴은 휑뎅그렁하게 비어 있었다. 건조한 바람이 끊임없이 휘몰아치는 메마른 땅에 단비가 내리기 시작했다. 멋쟁이 가슴은 순양의 눈빛으로 채워지고 붉게 물들어 가고 있었다.

아름답고 순결한 순양을 만났으니 절벽에서 떨어진 것이 끝이 아닐지 몰랐다. 눈동자에 고여 있는 변치 않는 사랑의 빛을 보았으니 절벽에서 떨어진 것이 슬픈 일이 아닐지 몰랐다. 가슴속에 푸른 강물이 흐르는 것을 느꼈으니 절벽에서 떨어진 것이 고통이 아닐지 몰랐다.

멋쟁이는 초원을 가로질러 아늑한 동굴로 돌아왔다.

순양을 생각하면 모든 아픔을 잊은 듯이 느껴졌다. 순양의 부탁을 생각하면 금방 먹장구름 속에 갇힌 듯이 답답하며 어두워졌다. 영양들의 뜻을 전한 것이지만, 순양도 멋쟁이가 무리로 돌아오길 간절히 바라고 있는 것 같았다.

만일 친구들이 멋쟁이에게 어떤 부탁을 하면 매몰차게 거절할 수 있을까. 그럴 수 없을 것이다. 사랑하기 때문에 싫어도 어쩔 수 없이 해야 할 일이 있다. 만일 순양이 멋쟁이에게 그런 부탁을 하면 거절할 수 있을까. 그럴 수 없을 것이다. 그 일을 쉽게 할 수도 없으리라. 멋쟁이는 영양들에게 돌아가고 싶지 않았다.

아름답고 순결한 순양을 만난 이 밤, 되도록 좋은 것만 생각하고 싶었다. 멋쟁이는 고개를 가로저어 영양들에 대한 어두운 생각을 떨쳐 버렸다.

멋쟁이는 은빛으로 물든 밤하늘을 바라보았다. 순양이 샛별을 바라볼 때마다 멋쟁이를 생각하며 기도해 주겠다고 했다. 밤하늘 샛별을 바라보며 멋쟁이를 생각하는 영양이 초원 저편에 살고 있었다. 멋쟁이는 어디에서 무엇을 하더라도 외롭지 않았다. 사랑의 별빛이 가슴속 우물 안에서 온종일 반짝반짝 빛나기 때문에 더 이상 혼자가 아니었다.

"머잖아 멋쟁이가 무리로 돌아가게 되었군."

거미가 말했다.

"예쁜 여자 친구를 만났으니 무리로 돌아갈 수밖에 없지."

귀뚜라미가 말했다.

"난 동굴에서 친구들과 함께 살아가는 것이 행복해."

멋쟁이가 말했다.

절벽에서 떨어지기 전까지 멋쟁이는 겉으로 그럴듯하게 보이는 것만을 행복의 잣대로 삼았다. 절벽 동굴에서 살면서 행복은 그런 것이 아님을 깨달았다. 서로를 사랑하는 마음, 서로를 걱정하고 아끼는 마음으로 살아가는 것이 행복임을 깨달았다. 멋쟁이는 좋은 친구들의 곁에서 오래오래 함께하고 싶었다.

"나는 머잖아 하늘로 갈 거야. 그때쯤이면 귀뚜라미도 하늘로 가게 되겠지. 멋쟁이와 오래도록 같이 있고 싶지만 우리는 각자 수명이 다르지. 내가 눈을 감기 전에 멋쟁이가 무리로 돌아가서 우두머리가 되는 걸 보고 싶어. 천둥이 무리를 열심히 다스리고 있지만, 영양들이 맹수에게 당하고 있잖아."

거미가 낮은 소리로 말했다.

"너희가 눈을 감을 때까지 나는 이곳에서 지낼 거야."

멋쟁이는 친구들이 늙고 몸이 쇠약해진 것을 미처 생각하지 못했다. 멋쟁이는 친구들과 헤어질 생각을 하자 가슴이 미어졌다. 눈물이 흘러내려 바닥을 적셨다.

초원 저편에서 비명이 들려왔다.
 "오늘도 한 동물이 이 땅의 고단한 삶을 끝내고 영원한 안식처로 떠나는군."
 귀뚜라미가 말했다.
 외마디 비명 때문에 마음이 편치 못했다. 멋쟁이는 친구들에게 바람 쐬고 오겠다며 동굴 밖으로 나왔다.
 "내 말을 한순간도 잊지 마."
 멋쟁이는 절벽 아래에서 서성이며 밤하늘을 바라보았다.

8

 이튿날 아침, 처음 보는 나비가 동굴로 날아왔다.
 "노랑나비는 오늘 이곳에 오지 못해."
 "많이 아픈가?"
 멋쟁이가 나비에게 물었다.
 "날개의 힘을 잃어 가고 있어."
 "그렇구나."
 "그에겐 좋은 친구들이 많지. 독수리도 그의 친구이지. 그는 독수리 등에 앉아 높은 하늘까지 올라갔다 온 적도 있어. 나비 중에서 그토록 높이 하늘로 올라간 것은 그가 처음이야. 몸이 아파도 친구들의 도움으로 내일쯤은 여기에 올 수도 있을 거야."
　나비는 노랑나비 소식을 전해 주고 돌아갔다.
　멋쟁이는 운동하러 동굴 밖으로 나왔다. 절벽 위에서 민들레가 멋쟁이를 내려다보고 있었다. 독수리는 초원의 파수꾼처럼 높은 바위에 앉아 멋쟁이를 내려다보고 있었다. 멋쟁이는 친구들을 보자 힘이 불끈 솟는 느낌이었다.

멋쟁이는 종종걸음으로 걷는 것부터 시작했다. 아직도 걸을 때 뒷다리의 힘줄이 켕겨 절뚝거렸다. 되도록 갈비뼈와 뒷다리에 신경을 쓰지 않으려고 하면서 걸었다. 종종걸음으로 걷는 것도 쉬운 일이 아니었다. 멋쟁이는 한참 걷고 나서 절벽 아래에서 달음박질치고, 절뚝이며 달리기 시작했다.

"정말 잘하는군."

민들레가 말했다.

"건강을 회복하면 순양을 잘 지켜줄 수 있을 거야."

독수리가 말했다.

다리가 불편한 순양이 초원에서 하루하루 불안하게 살고 있었다. 언제 맹수에게 끔찍한 공격을 당할지 몰랐다. 빨리 달리지 못하는 순양을 생각하면 가슴이 두근거렸다. 외마디 비명이 들려온 어젯밤, 순양을 걱정하며 밤을 꼬박 새웠다. 멋쟁이는 하루빨리 건강을 회복하고 순양을 동굴로 데려와 안전하게 지켜주고 싶었다.

멋쟁이는 숲속으로 걸음을 옮겼다. 나무에 머리를 비벼 보았다. 뿔이 부러진 부위는 아직도 아팠지만, 운동을 하는 데는 큰 어려움이 없었다. 아픈 것은 얼마든지 참을 수 있었다. 멋쟁이는 몸을 좌우로 움직이며 나무를 쿵쿵 받았다. 운동을 할수록 몸에 힘이 생기는 느낌이었다.

초원에서 비명이 들려왔다. 멋쟁이는 몸을 돌려 초원을 바라보았다. 표범이 영양의 무리를 공격하고 있었다. 영양들이 당황하여 이리 뛰고 저리 뛰고 있었다. 표범이 어린 영양을 쓰러뜨렸다. 멋쟁이는 영양 무리 속에서 뛰고 있는 순양을 바라보며 가슴을 쓸어내렸다. 얼마나 긴장을 했는지 목덜미가 땀으로 축축이 젖어 있었다.

순양은 무리 가운데서 뛰어 목숨을 잃지 않았다. 계속 운 좋게 살아가기는 쉽지 않은 일이었다. 맹수가 무리 가운데로 곧장 뚫고 들어오면 영양들은 사방으로 흩어져 달아날 수밖에 없었다. 그런 공격을 당하면 순양은 언젠가 맹수에게 잡히고 말 것이다. 멋쟁이는 맹수에게 쫓기는 순양을 생각하면 속이 탔다.

초원 서쪽에서 영양 두 마리가 나타나서 천둥의 앞을 떡 가로막았다. 우두머리가 되지 못해 무리에서 쫓겨난 수컷들이었다. 정처 없이 떠돌아다니는 동안 우두머리가 되기 위해 고된 훈련을 했을 것이다. 그들이 돌아와서 천둥에게 도전하고 있었다.

"재미있는 싸움이군."

멋쟁이가 고개를 끄덕였다.

천둥은 무서운 영양이었다. 다른 동물을 공격하기 좋도록 뿔을 바위에 갈고 다듬었다. 싸움에서 이기려고 뿔을 바위에 간 영양은 천둥이 처음일 것이다. 우두머리가 된 다음에는 뿔을 더욱 날카롭게 다듬었을 것이다. 뿔이 아니라 날이 선 칼 같았다. 그 뿔에 제대로 맞으면 몸이 찢어지는 상처를 입었다. 급소를 찔리면 크게 다치거나 죽을 수도 있을 만큼 치명적인 무기였다.

대부분의 영양은 혼자 싸웠다. 늑대처럼 한꺼번에 덤비는 것은 비겁한 짓이라고 생각했다. 수컷끼리 힘을 합쳐 우두머리를 협공하는 것은 드문 장면이었다. 몸집이 큰 영양이 천둥 앞에 서 있었다. 다리가 긴 영양이 천둥 뒤에 서 있었다. 천둥은 만만찮은 상대를 만났다.

서로를 노려보는 동안 온몸의 신경이 바짝 곤두서고 식은땀을 흘리기도 한다. 상대편의 자세를 보며 어디를 어떻게 공격해야 할지 정확하게 결정해야 한다. 싸움을 잘하는 동물이라면 상대편의 눈빛과 자세만 보고도 어느 정도 실력인지 가늠하고 승패를 판가름할 수 있다.

그들이 먼저 천둥을 공격하기 시작했다. 천둥이 몸을 돌려 뒤에 서 있는 영양에게 와락 달려들었다. 머리를 맞대고 힘겨룸했다. 천둥이 옆으로 재빨리 움직이며 영양의 목을 향해 머리를 치받았다. 영양 목에 천둥의 뿔이 스쳤다. 상처를 입은 영양이 겁먹고 뒤로 물러섰다.

천둥이 몸을 돌려 몸집이 큰 영양에게 달려들었다. 그 영양은 친구의 상처를 보더니 꼬리를 보이며 달아나기 시작했다. 싸움은 예상보다 빨리 끝났다. 천둥은 달아나는 그들을 쫓지 않았다.

영양에게 뿔은 자존심과 아름다움의 상징이었다. 천둥이 그것을 포기하고 상대편을 공격하는 무서운 무기로 만들었다. 어릴 때부터 천둥은 뿔을 바위에 갈며 우두머리가 되기 원했고, 자신의 소원대로 우두머리가 되었다. 다만 천둥이 멋쟁이와 싸우지 않고 우두머리가 되어 무리를 다스리기가 쉽지 않았을 것이다. 비로소 천둥은 강한 영양과의 싸움에서 이겨 우두머리로서 권위를 얻었다.

멋쟁이는 다시 나무를 받으며 천둥과 싸우는 것을 상상했다. 왼쪽과 오른쪽으로 움직이며 나무를 쿵쿵 받다가 숨이 차서 그만 멈추었다.

"싸움을 보더니 엉뚱한 생각을 하고 있군. 나는 자유롭고 행복한 영양이 되었어. 우두머리 자리는 높고 행복한 것 같지만 그만큼 책임이 따르고 위험하지. 우두머리가 되겠다는 생각은 아예 하지도 말아야지. 우두머리가 되기 위해 운동하는 것이 아니잖아. 멋쟁이, 정신 똑바로 차려."

멋쟁이가 자신을 꾸짖고, 나무 아래 시원한 그늘에 앉았다. 외마디 비명을 듣고 밤새도록 잠들지 못한 탓인지 몸이 나른하고 졸음이 몰려왔다. 바람이 불어오자 눈꺼풀이 스르륵 감기더니 곧 깊은 잠에 곯아떨어졌다.

9

 배가 터질 듯이 몹시 답답했다. 멋쟁이는 잠에서 깨어나서 눈을 번쩍 떴다. 커다란 뱀이 멋쟁이 몸을 휘감고 강한 힘으로 조르고 있었다.
 "안녕."
 뱀이 혀를 날름거리며 말했다.
 몸통이 통나무처럼 굵고 큰 뱀이었다. 악몽에 시달리고 있는 것 같았다.
 "꿈을 꾸는 거겠지."
 "꿈인지 생시인지 헷갈리는 모양이군. 모자란 녀석!"
 뱀이 긴 혀로 멋쟁이의 콧등을 장난하듯 건드렸다. 온몸에 소름이 쫙 돋았다.
 초원의 동물은 뱀에게 잡아먹혀 말할 수 없이 큰 고통을 당하는 죽음을 가장 무서워했다. 그 생각만 해도 몸서리나고 입맛을 잃을 정도였다. 맹수보다 무섭고 징그러운 동물이 바로 뱀이었다. 졸음을 참지 못해 곤히 자다가 끔찍한 일을 당하고 말았다.

"난 네가 절벽에서 떨어진 것을 봤어. 넌 내 뱃속에 들어왔어야 했어. 그때는 정말 운이 좋았어. 이제 그 운도 끝이야. 넌 내 뱃속에 들어와 나를 즐겁게 해줄 의무가 있어. 네가 이 세상에 태어난 것은 내게 즐거움을 주기 위해서이지."

"내가 잘못한 것이 있으면 사과할게."

"잘못?"

뱀이 잠시 무슨 생각을 하는 표정을 지었다.

"당연히 잘못한 것이 있지. 이곳에서 잠을 자는 나를 깨운 잘못, 내게 시원한 그늘을 드리워 주는 나무를 쿵쿵 받으며 못살게 군 잘못, 나를 먼저 알아보고 깍듯이 인사하지 못한 잘못, 생각해 보면 네가 내게 잘못한 것은 한둘이 아닐 거야. 맛있는 먹이를 앞에 두고 더 이상 머리 아프게 생각하고 싶지 않군."

"이건 너무 비겁한 짓이야. 나를 풀어주고 정식으로 싸워 보자. 네가 이기면 나를 잡아먹어도 좋아."

"나는 내 방법대로 공격하는 거야. 절뚝거리긴 하지만 나보다 빠른 너와 겨루는 것은 공평한 싸움이 아니지. 안 그래? 으음, 널 먹으면 몇 달은 행복하게 지낼 수 있겠군. 아주 기분 좋은 날이야. 어젯밤 꿈에 애꾸눈과 해골이 그려진 깃발이 펄럭이는 걸 보았는데 정말 대박이군."

"으윽……."

멋쟁이는 뱀에게서 달아나려 죽을힘을 다했지만, 어찌할 수 없는 덫에 걸린 것 같았다. 기운이 점점 빠지며 가쁜 숨을 헉헉 몰아쉬었다. 다리를 허우적거릴 뿐 뱀에게서 단 한 걸음도 달아나지 못했다. 날벼락을 맞은 느낌이었다.

초식동물 피 속에는 밤의 적막과 화살의 독과 맹수의 이빨에 대한 두려움이 흐르고 있었다. 항상 주위를 살펴야 한다. 잠든 동안에도 깊은 잠을 잘 수가 없는 것이 고단한 초식동물의 삶이었다.

초식동물 혼자서 맹수를 살피기엔 너무 벅찼다. 초식동물은 여럿이 모여 살아가야만 많은 눈으로 맹수를 살필 수 있는 것이다. 나무 아래에서 혼자 혼곤히 잠들어 있는 것은 죽기를 원하는 것이나 다름없었다. 멋쟁이는 맹수가 잘 나타나지 않는 이곳은 안전할 줄 알고 긴장을 풀고 있었다. 초식동물이 안전하게 살아갈 수 있는 곳은 그 어디에도 없었다.

절벽에서 떨어졌지만 기적처럼 살아났다. 그때 죽지 않은 것은 아직 뭔가 할 일이 남아 있기 때문이라고 생각했다. 친구들의 소원을 이루어 주고 순양을 지켜줘야 한다. 결코 이대로 허망하게 죽을 순 없다.

멋쟁이는 친구들을 떠올리며 온 힘을 다해 뱀에게서 달아나려고 했다. 그럴수록 힘이 빠져 나중에는 몸을 움직일 수도 없었다. 혼자 힘으로 이 위기에서 벗어나는 것은 불가능했다. 다른 동물의 도움을 바라며 소리를 질렀다. 뱀의 몸에 목이 눌려 목소리가 나오지 않았다.

사납고 힘센 맹수도 죽음을 피해 오래도록 살아갈 수 없다. 살아 있는 모든 동물은 언젠가 죽어야 한다. 죽음을 두려워하진 않았다. 이렇게 죽는 것이 억울할 뿐이었다. 한때 초원 영양의 우두머리가 아니었던가. 그런 영양이 이런 모습으로 숨을 거두는 것은 부끄러운 죽음이었다. 차라리 맹수의 날카로운 이빨에 찢겨 죽는 것이 우두머리다운 죽음이었다.

"이런!"

나비가 이쪽으로 날아오다가 멋쟁이를 보았다.

'무서운 뱀에게서 나를 구해줘.'

멋쟁이는 눈짓으로 나비에게 말했다. 나비는 방향을 돌려 황급히 절벽으로 날아갔다.

"건강한 동물은 너무 빠르고 냄새까지 귀신같이 맡으니 살아가는 것이 쉽지 않은 세상이야. 절벽에서 살찐 동물이 한 달에 한두 마리씩 떨어져 다쳤으면 좋겠어. 이렇게 좋은 먹이가 있어야 살맛이 나지."

뱀은 기분이 좋아 수다를 떨었다.

멋쟁이는 나비의 도움을 기다리고 있었다. 나비가 멋쟁이의 친구들을 데려올 때까지 정신을 잃으면 안 된다고 생각했다. 다행히 독이 없는 뱀이었다. 독이 있는 뱀이면 벌써 멋쟁이 몸을 마비시켜 입 안으로 넣고 있을 것이다. 멋쟁이는 있는 힘을 다해 배에 힘주고 정신을 잃지 않으려고 했다.

"마지막 발악을 하는군."

뱀이 혀를 날름거리며 말했다.

뱀이 더욱 강한 힘으로 멋쟁이의 몸을 조르고 있었다. 시간이 흐를수록 기력이 소진되어 더 이상 어쩔 수 없었다. 죽음의 강을 건너갈 때가 거의 된 것 같았다.

'노랑나비, 널 만나 행복했어. 민들레, 귀뚜라미, 거미, 독수리를 만나 행복했어. 친구들아, 나 먼저 영원한 고향으로 갈게. 순양아, 내 말을 한순간도 잊지 마.'

멋쟁이는 생각으로 유언을 남겼다.

죽음의 문지방을 막 넘기 전에 이상한 일이 일어나고 있었다. 기운이 다 빠지자 더 이상 고통스럽게 느껴지지 않았다. 몸이 나른하며 정신은 몽롱해지고 있었다. 죽음의 두려움이 사라지고 있었다. 피곤해서 잠이 오고 있는 듯이 느껴졌다. 아지랑이가 피어오르듯 모든 것이 아른아른해지고 가물거렸다. 멋쟁이는 정신을 잃어 가고 있었다.
　뱀이 입을 한껏 벌려 멋쟁이 머리를 입 안으로 넣으려고 했다. 바로 그때 뱀이 무엇을 보았는지 몸을 조금 움직였다.
　"잠자는 동물이나 잡아먹는 녀석."
　귀에 익은 목소리가 어렴풋이 들렸다. 멋쟁이는 눈을 번쩍 떴다. 노랑나비가 뱀의 머리 위에서 날고 있었다.
　"왕의 즐거운 식사 시간을 방해하지 마라."
　뱀이 짜증을 냈다.
　"움직이는 동물을 공격해야 진짜 왕이지. 잠자는 영양을 덮쳐 공격하는 것이 무슨 왕이야."
　노랑나비가 뱀의 머리에 앉았다.
　"왕의 머리에 앉았으니 너는 오늘 죽어야 한다."
　뱀이 긴 혀로 노랑나비를 공격했다.
　"영양을 풀어주면 널 공격하지 않겠다."
　노랑나비가 공중으로 날아올라 멋쟁이를 살피며 말했다.
　"기절할 일이군. 네가 나를 공격한다구?"
　"내 날개에 닿으면 눈이 멀게 될 거야."
　"웃기는 소리 좀 작작 하라. 늙은 노랑나비가 노망난 모양이야."

뱀이 혀를 날름거리며 웃었다.

뱀이 멋쟁이를 눌러대는 힘이 좀 약해졌다. 멋쟁이는 숨을 몰아쉬었다.

"화려한 버섯에 독이 있는 것처럼 내 날개에 무서운 맹독이 묻어 있어. 내 날개에 살짝 스치기만 해도 평생 눈이 먼 채로 지내지. 난 웬만한 일이 아니면 동물의 눈을 멀게 하지 않아. 너처럼 야비한 동물의 눈만 멀게 할 뿐이야."

"어젯밤 잠을 자지 못했어. 아유, 졸려 죽겠네."

뱀이 왼쪽 눈을 감았다.

"눈을 감고 나비의 공격을 피하시옵소서. 겁쟁이 왕이라고 소문이 날 겁니다."

"눈에 뭐가 들어간 모양이야."

뱀이 왼쪽 눈을 슴벅거렸다.

뱀이 오른쪽 눈으로 주위를 살폈다. 새들이 나뭇가지에 앉아 구경하고 있었다. 몇몇 작은 동물이 덤불 속에 숨어 겁먹은 표정으로 뱀을 지켜보고 있었다. 나비들이 날아와 뱀의 머리 위에서 날고 있었다. 뱀은 눈을 떴다.

"영양을 풀어주지 않으면 도마뱀이 널 동생이라고 부를 거야."

"어허, 입을 막 놀리지 마라."

뱀은 동물 중에서 도마뱀을 가장 싫어했다. 작고 겁 많은 도마뱀 때문에 모든 뱀이 겁쟁이로 여겨지는 것 같았다.
"잠자는 동물이나 잡아먹으면서 무슨 왕이야. 내가 네 형님이다!"
도마뱀이 풀숲에서 고개를 내밀었다.
"한 번만 더 까불면 가만두지 않을 것이다."
뱀이 도마뱀을 노려보았다.
나비들이 계속 날아오고 있었다. 나비들이 뱀의 머리 위에서 어지럽게 날고 있었다.
"명령이다. 나비들은 왕의 만찬을 더 이상 방해하지 말라."
"말로 해선 안 되겠군."
노랑나비가 뱀의 머리 앞으로 날며 말했다.
"노랑나비야, 그만 돌아가!"
멋쟁이가 노랑나비 날개를 보며 외쳤다.
"나의 마지막 일은 비겁한 뱀의 눈을 멀게 하는 것이지."
"어서 돌아가."
노랑나비는 멋쟁이 말을 듣지 않았다. 노랑나비가 뱀의 왼쪽 눈에 앉아 날개를 비볐다. 뱀의 혀가 닿기 전에 날아올라 오른쪽 눈에 앉아 날개를 비볐다. 뱀이 머리를 흔들며 긴 혀로 노랑나비 날개를 후려쳤다. 노랑나비가 꽃잎처럼 땅바닥으로 떨어지고 있었다.

"웅덩이에 가서 눈을 씻지 않으면 장님이 될 것이다."
"나 원, 오래 살다 보니 별 희한한 일을 다 겪는군."
뱀이 고개를 갸우뚱했다.
"죽지 마. 죽으면 안 돼."
멋쟁이가 소리쳤다.
"건강을 회복해 사랑의 우두머리가 되면 좋겠어. 내가 하늘에서 멋쟁이를 위해 기도해 줄게. 멋쟁이를 만나 행복했어."
노랑나비가 날개를 파르르 떨고 있었다.
"괴물 같은 녀석아, 차라리 날 죽여. 날 잡아먹으란 말이야. 빨리 날 죽여."
멋쟁이가 악에 받쳐 소리 질렀다.
"시끄럽게 굴지 말고 조금만 기다려. 널 맛있게 먹어 줄게."
뱀이 혀를 날름거리며 말했다.
"쉬익!"
바람 소리가 들리더니 뱀이 머리를 마구 흔들며 쉭쉭거렸다. 독수리가 날카로운 발톱으로 뱀의 머리를 꽉 움켜쥐고 부리로 오른쪽 눈을 공격했다. 그리고는 하늘로 날아올라 다시 뱀을 향해 쏜살같이 날아오고 있었다. 뱀이 멋쟁이를 풀어 주고 몸을 꿈틀대며 달아나고 있었다.

멋쟁이는 숨을 헉헉 몰아쉬고 벌떡 일어나려고 했다. 다리가 마비되어 움직이지 못했다. 멋쟁이는 비틀대며 땅바닥에서 겨우 일어났다.
"제발 죽지 마! 죽으면 안 돼."
멋쟁이가 발을 동동 구르며 안타까워했다.
"멋쟁이는 사랑의 우두머리가 될 거야. 멋쟁아!"
노랑나비가 멋쟁이를 마지막으로 부르고 숨을 거두었다.
나비들이 여기저기 날아다니며 친구의 죽음을 초원의 동물들에게 알리고 있었다. 독수리가 노랑나비 옆에 내려앉아 슬픈 표정을 짓고 있었다.
멋쟁이는 노랑나비 옆에 무너지듯 털썩 주저앉았다. 울음소리가 초원 저편으로 멀리 울려 퍼지고 있었다.
"노랑나비는 정말 멋진 친구였지."
독수리가 말했다.
"다 내 잘못이야."
"친구를 위해 죽고 행복한 표정을 지었군."
독수리가 눈시울을 붉혔다.
"이렇게 죽으면 안 되는데."
"위대한 친구를 어디에 묻어 줄 건가?"
"동굴에 두고 싶지만, 그러면 안 되겠지."
"절벽 아래 양지바른 곳이 있지. 노랑나비가 좋아하던 곳이야. 노랑나비가 내게 말했지. 자기가 죽으면 그곳에 묻어 달라고 말이야."

"그곳에 묻어 줄게."

"동물들은 내가 노랑나비의 친구가 된 것을 이상하게 생각하지. 나는 마음의 눈으로 노랑나비 본모습을 본 적이 있어. 한쪽 날개 길이만 수십 킬로미터가 되고 입에서 불을 뿜어대는 용을 잡아먹는 위대한 새였어. 나는 그런 노랑나비의 친구가 된 것을 영광스럽게 생각했어."

독수리가 노랑나비 날개에 부리를 맞추었다.

멋쟁이는 노랑나비를 입에 물고 눈물을 흘리며 절벽 아래로 천천히 걸어갔다. 나비들이 멋쟁이 주위를 맴돌고 있었다. 나비들이 어디에서 계속 날아와서 친구의 죽음을 애도하며 이별의 춤을 추고 있었다.

멋쟁이는 절벽 아래 양지바른 곳에 이르러 걸음을 멈추었다. 앞발로 땅을 파고 마른 낙엽을 땅바닥에 두껍게 깔고 노랑나비를 그곳에 놓았다.

노랑나비가 다시 살아나서 한 송이 꽃처럼 아름다운 모습으로 팔랑팔랑 날아오를 것만 같았다. 이 땅에서 해야 할 일을 다 마친 듯이 노랑나비 모습은 평온해 보였다. 멋쟁이의 눈물이 노랑나비 날개를 적시고 있었다.

멋쟁이는 앞발로 무덤을 만들었다. 먼 곳에서도 노랑나비 무덤이라는 것을 알아볼 정도로 봉분을 봉곳하게 만들었다. 뱀의 혀에 맞아 몸에서 떨어진 한쪽 날개를 땅에 묻지 않았다. 외로울 때마다 동굴에서 날개를 보며 친구의 사랑을 오래오래 기억하고 싶었다.
 웅덩이에서 뱀이 첨벙거리는 소리가 들려왔다.
 멋쟁이는 저녁때까지 무덤 옆에 앉아 있었다. 독수리가 노랑나비 죽음을 슬퍼하며 절벽 위를 맴돌고 있었다. 초원의 동물들이 그들의 관계를 도무지 모르겠다는 표정을 지었다. 독수리와 영양이 노랑나비의 친구가 된 것은 참으로 이상한 일이라고 동물들이 수군거렸다.
 동쪽 하늘에 쌍무지개가 떠 있었다. 지평선에 걸린 붉은 해가 뉘엿뉘엿 넘어가고 있었다. 절벽에 어둠이 찾아들었다.
 "늑대가 나타났어. 동굴로 돌아가."
 독수리가 말했다.
 늑대들이 사냥하러 초원 저편으로 다가오고 있었다. 멋쟁이는 노랑나비 날개를 입에 물고 동굴로 걸음을 옮겼다. 걷잡을 수 없이 흐르는 눈물로 눈앞이 희뿌예졌다.
 절벽에서 떨어져 모든 것을 잃었을 때보다 고통스럽게 느껴졌다. 가슴이 갈기갈기 찢어지는 느낌이었다. 세상에 태어나서 이토록 가슴 아픈 적이 없었다.
 멋쟁이는 동굴로 돌아와 바닥에 털썩 주저앉고 말았다. 이별의 슬픔이 북받쳐 머리를 벽에 짓찧으며 흐느꼈다.

10

 어둠이 짙어지고 있었다.

 새는 하루의 고된 일을 마치고 숲속으로 돌아와서 나뭇가지에 앉아 지친 날개를 접었다. 초원의 동물은 제각각 보금자리로 돌아가서 편히 쉬었다. 밤눈이 밝은 새가 낮의 침묵에서 깨어나서 울고 있었다. 밤에 활동하는 짐승이 눈빛을 번득이며 어둠 속에서 조심스럽게 움직이고 있었다.

 거미는 서쪽 하늘을 주홍색으로 물들이는 노을을 바라보며 거미집 다듬는 것을 좋아했다. 노을이 사라지고 어둠이 내리면 밤하늘에 별이 하나 둘씩 나타나며 반짝였다. 어느 순간 밤하늘이 활짝 열려 영롱한 별빛이 수없이 쏟아져 내렸다. 거미는 밤하늘 별빛을 붙잡아 거미줄에 매달아 놓고 무슨 생각에 잠겨 있었다.

 멋쟁이는 동굴 구석에 앉아 밤하늘을 바라보았다. 노랑나비는 벌써 밤하늘에서 가장 아름답고 빛나는 별이 되어 있을 것 같았다. 이제 멋쟁이 가슴속에 두 개의 별이 빛나고 있었다. 샛별과 노랑나비의 별. 두 별은 멋쟁이에게 지난날의 기억을 잊지 말라며 반짝거렸다.

"노랑나비가 멋쟁이에게 무슨 유언을 남겼어?"

거미가 물었다.

멋쟁이는 노랑나비의 마지막 말이 생각나서 눈물지었다.

"내가 다시 영양의 우두머리가 되길 바란다고 하더군."

"멋쟁이는 노랑나비의 유언대로 훌륭한 우두머리가 될 거야."

거미가 말했다.

"건강이 많이 회복되었으니 곧 무리로 돌아갈 수 있을 거야."

귀뚜라미가 말했다.

"가슴이 너무 아파."

멋쟁이가 느껴 울었다.

"멋쟁이 마음속에 노랑나비가 있고, 노랑나비 마음속에도 멋쟁이가 있으니 헤어진 것이 아니지. 중요한 것은 사랑이야. 사랑하면 아무리 멀리 떨어져 있어도 늘 함께하는 것이지."

거미가 말했다.

"노랑나비는 멋쟁이의 마음속에서 영원히 살아갈 거야."

귀뚜라미가 고개를 끄덕이며 말했다.

멋쟁이는 눈물을 흘리며 밤하늘을 바라보았다.

이튿날 새벽같이 일어난 멋쟁이는 동굴 밖으로 나왔다. 절벽 아래 노랑나비 무덤에 가서 아침 인사를 했다.

"노랑나비야, 고마워. 잊지 않을게, 너의 마지막 말을."

멋쟁이가 이슬에 젖은 초원에서 달리기 시작했다. 어제까지만 해도 뒷다리가 뻣뻣해 걸을 때마다 절뚝거렸다. 하룻밤 사이에 어떻게 된 것일까. 뒷다리 힘줄이 켕기지 않았으며 힘이 솟구쳤다. 멋쟁이는 절벽에서 떨어지기 전처럼 빠르게 달리고 있었다. 뱀의 몸에 휘감겨 다리를 허우적거리다가 경직된 근육이 유연해진 것 같았다. 마침내 멋쟁이는 노랑나비의 간절한 기도로 건강을 회복했다.

멋쟁이는 뱀에게 공격을 당했던 곳으로 달려갔다. 뱀이 멋쟁이를 휘감고 눌러대던 곳의 작은 나무와 풀은 쓰러져 땅바닥에 누워 있었다.

"저쪽 숲속에 애꾸눈 뱀이 있어. 널 잡아먹고 말겠다며 이를 갈고 있더군."

나비가 날아와서 멋쟁이에게 말했다.

멋쟁이는 나비가 알려준 곳으로 달려갔다.

뱀이 똬리를 틀고 불안한 표정으로 주위를 살피고 있었다. 퉁퉁 부은 오른쪽 눈은 감겨 있었다.

"널 기다리고 있었어."

"내 친구 노랑나비에게 당했군."

"내 눈을 공격한 것은 독수리야. 만일 노랑나비의 공격으로 이렇게 되었다면 부끄러워 고개를 들지 못하겠지. 난 하늘의 제왕인 독수리에게 당한 거야. 초원의 왕이 부끄러워할 이유가 전혀 없지."

뱀이 똬리를 풀며 말했다.

"가벼운 노랑나비를 죽인 뱀은 왕의 될 자격조차 없어."

"사기꾼 노랑나비의 친구라면 너도 사기꾼이겠지. 초원의 왕이 사기꾼을 가만두면 안 되지. 오늘 널 잡아 왕의 힘을 초원의 동물에게 보여줄 거야."

뱀이 멋쟁이의 앞으로 꿈틀거리며 다가와서 머리를 꼿꼿이 쳐들었다. 몸길이가 무려 8미터에 가까운 뱀이었다. 뱀의 몸에 휘감겨 눌리면 어떤 동물이든 숨이 막히고 기운이 빠져 잡아먹힐 수밖에 없었다. 보통 동물은 그런 뱀을 만나면 공포에 짓눌려 정신을 잃을 지경이었다. 정말 대단한 뱀이었다.

멋쟁이는 무시무시한 뱀의 기세에 전혀 위축되지 않았다. 멋쟁이는 뒤로 다섯 걸음 물러섰다가 곧바로 뱀에게 거침없이 달려들었다. 머리에는 부러진 뿔이 조금 남아 있었다. 멋쟁이는 뱀의 몸에 뿔을 댄 채 밀고 나아가다가 뒤로 물러섰다.

뱀이 쉭쉭거리며 멋쟁이를 노려보았다. 뱀의 눈에서 분노의 불이 이글이글 타오르고 있었다.
"제법이군. 하지만 넌 나를 이길 수 없어."
"이쯤에서 무릎을 꿇으면 널 살려줄 것이다."
"왕은 꿇을 무릎이 없다."
"내 친구 노랑나비를 죽인 걸 사과하라."
"오늘 넌 내 뱃속에 들어갈 것이다."
뱀이 혀를 날름거리며 공격할 기회를 노리고 있었다.
멋쟁이는 성난 멧돼지처럼 뱀에게 달려들었다. 뱀이 멋쟁이의 목을 휘감으려고 했다. 멋쟁이는 높이 뛰며 뒷발로 뱀의 머리를 걷어찼다. 뱀이 충격을 받고 얼떨떨한 표정을 짓고 있었다. 멋쟁이는 뒷발로 뱀의 머리를 연거푸 걷어찼다. 뱀이 잠시 정신을 잃었다. 멋쟁이가 뱀의 머리를 밟고 힘껏 눌렀다.
"난 초원의 왕이고 넌 왕의 신하이다. 신하가 왕을 공격하는 것은 있을 수 없는 일이다. 자연의 질서를 어지럽히지 말라."
뱀이 정신을 차리고 말했다.
"한쪽 눈마저 멀게 해줄게."
멋쟁이가 뱀의 왼쪽 눈에 앞발을 대었다.
"왕은 한쪽 눈으로 세상을 보고 있다. 귀중한 눈을 공격하지 말라."

"영양을 잡아먹을 것이냐?"

"재수 없는 영양을 잡아먹지 않겠다."

"하늘에 맹세하라."

"하늘에 맹세한다."

"땅에 맹세하라."

"땅에 맹세한다."

뱀은 왼쪽 눈마저 잃을까 두려워서 더 이상 공격하지 못했다. 멋쟁이는 뱀을 놓아주었다. 뱀이 풀숲으로 달아나다가 멈추고 몸을 돌려 멋쟁이를 물끄러미 바라보았다.

"넌 왕의 눈을 공격하지 않았다. 무슨 특별한 이유가 있는가?"

"내가 너를 장님으로 만드는 것은 노랑나비가 바라는 일이 아닐 거라는 생각이 들었어. 노랑나비는 자신의 목숨을 아끼지 않을 만큼 사랑이 많은 친구였지."

"정말 노랑나비가 멋쟁이의 친구인가?"

뱀이 고개를 갸우뚱했다.

"노랑나비는 나의 가장 친한 친구이지. 노랑나비가 나를 구하다가 죽었어."

"친구를 위해 자신의 목숨을 바치는 동물은 흔하진 않지. 보통 나비가 아니었군. 싫어도 인정할 것은 인정할 수밖에 없어. 나는 초원의 왕이라서 매사가 분명하지."

뱀이 고개를 주억거리며 무슨 생각을 하는 표정을 지었다.
"감동적인 우정 이야기를 듣고 초원의 왕이 가만히 있을 수 없는 일이지. 왕의 눈을 공격하지 않은 것에 대해 보답해 주겠다. 소원이 있으면 왕에게 말해 보라."

뱀이 낮은 소리로 말했다.

"정정당당하게 겨루어 먹이를 잡아먹고 살아가면 좋겠다."

"보다시피 난 발이 없어. 몸에 발이 없는데 내가 어떻게 정정당당하게 겨루어 먹이를 잡을 수 있지?"

"그렇다면 넌 왕이 될 수가 없다. 무서운 뱀은 될망정."

"오늘 난 너에게 졌다. 왕이라고 해서 항상 싸움에 이기는 것은 아니다. 초원의 왕은 매우 바쁜 일이 있어서 이만 가보겠다."

뱀이 풀숲으로 사라졌다. 그날 이후 멋쟁이는 자신을 초원의 왕이라고 자랑하는 뱀을 보지 못했다. 뱀은 멋쟁이에게 당한 것이 부끄러워 어느 으슥한 곳에 숨어 지내고 있는 것 같았다.

그날부터 멋쟁이는 노랑나비의 유언을 이루기 위해 독하게 마음먹고 훈련을 시작했다. 머리로 나무와 바위를 받는 훈련, 나무와 나무 사이를 빠르게 달려가는 훈련, 뒷발로 아랫배를 걷어차는 훈련, 높은 곳에서 몸을 돌려 떨어지는 훈련, 웅덩이에 들어가 빨리 달리는 훈련, 초원을 질주하다 방향을 돌리는 훈련, 갈지자형으로 달리는 훈련을 했다. 노랑나비를 생각하면 그런 훈련이 전혀 힘들게 느껴지지 않았다.

 훈련을 마치고 쉴 때마다 멋쟁이는 노랑나비 무덤에 갔다. 멋쟁이는 노랑나비가 무슨 말을 하는지 정신을 집중해서 귀를 기울였다.

 '점점 좋아지고 있군. 그렇게 하면 되는 거야. 멋쟁이는 훌륭한 우두머리가 될 거야. 자신을 희생할 줄 알고 무리를 사랑하는 우두머리가 될 거야. 멋쟁이는 멋진 친구야.'

 노랑나비 목소리가 귓가에 들렸다.

 몸이 피곤하고 불편해도 하루도 쉬지 않고 훈련을 했다. 노랑나비의 마지막 모습을 생각하면 한 시간도 편히 쉴 수가 없었다. 날마다 훈련 강도를 높이고 시간을 늘려갔다. 머리는 나무껍질처럼 딱딱해졌고 뒷발로 공격하는 기술은 그전보다 빠르고 정확했다. 다리 근육이 발달하고 힘이 솟아 절벽에서 떨어지기 전보다 빨리 달렸다. 멋쟁이는 담력을 기르는 맹훈련으로 맹수를 무서워하지 않는 영양이 되었다.

 "축하합니다. 맹수를 무서워하지 않는 영양이 된 것을."

 귀뚜라미가 말했다.

 "머리에서 피가 흐르고, 피가 굳어지면 다시 훈련하는 모습을 보며 강한 영양이 될 것을 믿었지. 노랑나비가 하늘에서 멋쟁이를 보며 무척 기뻐할 거야."

거미가 말했다.

"이젠 초원으로 당당히 돌아가도 되겠군."

"영양들이 멋쟁이를 기다리고 있을 거야."

거미와 귀뚜라미가 자기 일처럼 좋아하며 웃음꽃을 피웠다.

멋쟁이는 말없이 고개를 가로저었다. 부러진 다리를 질질 끌며 영양들에게 다가갔던 모습이 떠올랐다. 성깔 고약한 젊은 영양의 머리에 받혀 다리를 버둥거리던 모습도 떠올랐다. 영양들의 멸시를 받고 절벽으로 돌아오던 모습도 떠올랐다.

좋지 않은 기억을 깨끗이 지우고 싶었다. 가슴과 머릿속을 하얗게 비워 모조리 잊고 싶었다. 용서하지 못하더라도 다시는 그때의 일을 떠올리고 싶지 않았다. 그럴수록 그때의 일은 생생하게 떠올라서 마음속을 온통 흙탕물처럼 휘저어 놓았다.

"천둥도 경험을 쌓아 무리를 그런대로 다스리고 있는 것 같더군. 그가 영양을 잘 지켜내면 내가 우두머리가 되지 않아도 괜찮겠지."

"순양도 널 기다리고 있을걸."

거미가 거미줄을 흔들며 말했다.

"목이 빠지도록 기다리고 있을 거야."

귀뚜라미가 고개를 끄덕이며 말했다.

순양이 아무런 탈 없이 잘 지내고 있는지 궁금했다. 순양을 생각하면 늘 걱정이 되었다. 빨리 달리지 못해 오늘 맹수의 먹이가 될 수가 있다. 내일 맹수의 먹이가 될지 모른다. 그런 순양을 생각하면 몸이 피곤해도 훈련을 게을리 할 수가 없었다. 이미 초원에서 가장 강한 영양이 되었지만, 맹수의 공격으로부터 순양을 지키려면 밤낮 열심히 훈련하는 수밖에 없었다. 머잖아 순양을 동굴로 데려와 같이 지낼 생각이었다.

"잊지 마, 노랑나비의 유언을."

거미가 말했다.

"노랑나비의 마지막 말을 한순간도 잊지 않았어. 내가 죽는 순간까지 잊지 못할 거야. 하지만······."

멋쟁이는 고개를 숙이고 소리 죽여 한숨을 쉬었다.

11

회오리바람이 초원을 가로질러 달리고 있었다. 회오리바람 앞으로 한 동물이 달리고 있었다. 자신의 상징이었던 뿔이 부러졌지만 다시 일어난 영양. 늑골과 다리가 부러지고 살이 으스러졌지만 최선을 다해 절망에서 벗어난 영양. 멋쟁이가 거친 바람을 몰며 절벽에서 떨어지기 전보다 빠르게 초원을 질주하고 있었다.

멋쟁이가 절벽 기슭을 지나 위쪽으로 접어들었다. 바위가 있는 곳에서도 달리는 속도를 늦추지 않았다. 뾰족한 돌 사이를 바람처럼 휙휙 지나갔다. 울퉁불퉁한 바위를 가볍게 뛰어넘었다. 고된 훈련을 한 영양이 아니라면 그토록 빨리 달릴 수 없었다. 극한의 고통을 겪은 영양이 아니라면 그런 훈련을 하지도 않았을 것이다.

"회오리바람이 이쪽으로 불어오는 줄 알았어!"

민들레가 가느다란 소리로 말했다. 민들레 잎은 누렇게 시들고 있었다.

"숨을 쉬는 것이 힘겨워?"

"이제 잠을 잘 시간이 되었어."

"민들레가 죽으면 난 정말 외로울 거야."

"나는 식물이라서 동물처럼 죽는 것이 아니라 잠을 자는 것이야. 긴 잠에서 깨어나면 바위를 적시는 비가 내리겠지. 파룻하니 생글생글 웃으며 잎이 돋아나면 우리는 다시 만날 수 있어. 그리움의 농도만큼 샛노란 꽃을 피울 거야."

"민들레꽃은 참으로 아름다웠어."

멋쟁이는 존경 어린 표정으로 민들레를 보았다.

절벽 위 바위틈에 뿌리를 내린 민들레는 어떤 풀보다 싱싱하고 향기로웠다. 좋은 환경에서 잘 자란 식물도 아름답지만, 절벽 위에서 바위의 순수한 기운을 빨아들여 꽃을 피운 민들레는 더욱 아름답고 소중하게 보였다. 바위의 올곧은 마음이 한 송이 노란 꽃으로 피어나서 활짝 웃고 있는 것 같았다.

"절벽 위에 노란 꽃이 피자 어려움을 겪는 새와 곤충이 나를 보며 용기를 얻었어. 가끔 이곳을 지나가는 나그네도 나를 보며 기뻐했지. 내 삶은 힘들었지만 절벽 높은 곳에서 살기 때문에 어떤 민들레보다 멀리 홀씨를 날려 보냈어."

"삶을 포기하고 싶어질 때마다 민들레를 보며 용기를 얻었어."

"멋쟁이가 절벽에서 떨어지던 모습을 난 아직도 생생히 기억하지. 그때 나는 멋쟁이를 살려 달라고 신께 기도했지."

"그렇구나."

건강하고 부족한 것이 없던 시절에는 스스로 잘나서 살아가는 것이라고 생각했다. 절벽에서 떨어져 고통을 겪고 보니 누군가의 사랑과 도움으로 세상을 살아가는 것임을 알게 되었다. 운이 좋거나 공중에서 몸을 돌렸기 때문에 절벽에서 떨어져 죽지 않은 것이 아니었다. 친구들은 멋쟁이가 절벽에서 떨어질 때 제발 죽지 말기를 기원해 주었다. 간절하게 기원하면 하늘도 외면하지 않는 법이었다.

"난 친구에게 도움만 받고 아무것도 주지 못했어."

"꿈을 잃지 않고 초원을 달리는 멋쟁이의 모습을 보며 큰 감동을 받았어. 그러니 미안한 표정을 짓지 말았으면 좋겠어."

"그동안 고마웠어."

"잠을 자는 동안 멋쟁이를 생각할게."

"좋은 꿈을 꾸며 잘 자렴."

멋쟁이가 눈물을 글썽이며 말했다.

멋쟁이는 몸을 돌려 절벽 아래로 천천히 내려왔다.

"시간이 지날수록 노랑나비에 대한 그리움이 더해지는군."

멋쟁이가 입으로 노랑나비 무덤의 봉분을 다독거렸다. 노랑나비 무덤 옆에 앉아 있으면 모든 시름을 잊고 마음이 편해졌다. 무덤을 보고 있으면 노랑나비 목소리가 들리기도 했다. 그럴 때마다 기쁘면서도 미안하고 후회되었다. 멋쟁이는 노랑나비가 살아 있을 동안 잘해 주지 못한 것이 생각났다. 값진 것을 받기만 하고 좋은 것을 하나도 주지 못한 것 같았다.

지난날을 생각하면 후회뿐이었다. 무리를 다스리던 시절 우두머리답게 살지 못했고, 가장 친한 친구가 살아 있을 동안 좋은 것을 많이 주지 못했다. 순양의 마음을 전혀 모른 채 바보처럼 살아왔고, 아직 순양을 지켜주지도 못하고 있었다. 왜 이리도 못난 동물로 살아온 것일까. 지나간 시간을 되돌릴 수 있다면 그전과 다르게 살아가고 싶었다. 노랑나비에게 좋은 것을 많이 주고 싶었다.

"노랑나비야, 미안해. 난 너에게 좋은 것만 받고 말았구나."

멋쟁이가 울먹이며 말했다.

멋쟁이는 동굴로 돌아와 거미를 보았다. 거미는 거미줄에 매달려 거의 움직이지 않았다. 몸이 홀쭉해졌고 목소리는 잘 들리지 않을 정도로 기운이 없었다. 이제 거미도 밤하늘의 별이 될 때가 가까워지고 있었다. 멋쟁이는 거미에게 좋은 것을 많이 주고 싶었다. 이별 뒤에 아쉬움으로 두고두고 후회하고 싶지 않았다. 뭘 어떻게 해야 거미에게 좋은 것을 많이 줄 수 있을까. 멋쟁이는 거미를 보며 곰곰이 생각해 보았다.

"난 거미를 누구보다 좋아해. 헤어지면 한동안 힘들 거야."

"이별은 슬프지만, 사랑하기 때문에 언젠가 우리는 다시 만나겠지."

"밤하늘을 사랑한 거미를 잊지 못할 거야."

"난 날개가 없어서 밤하늘을 더욱 사랑했고, 내가 그리워하던 밤하늘로 돌아가서 별이 될 거야."

"밤하늘을 사랑한 거미는 어떤 동물보다 아름다웠어."

"내가 만난 동물 중에서 가장 아름다운 것은 멋쟁이였어. 뱀을 용서하는 모습도 아름다웠고, 넘어지고 쓰러지며 다시 일어나서 달리는 모습도 아름다웠지. 숲속에서 나무와 돌을 받으며 머리를 단련하는 모습도 아름다웠어. 멋쟁이는 강해졌고, 이제 무리로 돌아갈 때가 되었어. 내가 눈을 감기 전에 무리로 돌아가면 좋겠어. 난 여기에서 멋쟁이가 우두머리가 되는 것을 보며 눈을 감고 싶어."

"그렇게도 내가 우두머리가 되는 것을 보고 싶어?"

"우리는 친구이며 형제잖아. 그렇기 때문에 멋쟁이가 잘되는 것을 보고 싶어. 내일 아침 무리로 돌아가는 것이 어때?"

거미가 가냘픈 소리로 물었다.
"내일 아침 무리로 돌아갈게."
멋쟁이가 눈물을 흘리며 대답했다.
"나도 멋쟁이가 영양의 우두머리가 되는 걸 보고 싶어."
귀뚜라미가 말했다.
"귀뚜라미 말대로 할게."
멋쟁이가 고개를 끄덕였다.
"머잖아 나도 영원한 고향으로 돌아갈 거야."
"어디로 가려는 거지?"
"순수하고 맑은 세계로 돌아가 노래하는 별이 되겠지."
"그동안 고마웠어."
멋쟁이가 울음을 터뜨렸다.

저녁 해가 서쪽 하늘을 벌겋게 물들이고 있었다. 어둠이 깔리고 있었다.

푸른 초원을 찾아 떠나야 하는 멋쟁이를 위해, 먼 하늘의 별이 되려는 거미를 위해 귀뚜라미가 노래를 불렀다. 잔잔한 노랫소리가 멋쟁이 가슴을 촉촉이 적시고 있었다. 귀뚜라미 노래를 들을 시간도 얼마 남지 않았다. 멋쟁이는 귀뚜라미 노래를 가슴에 담았다. 친구들을 그리워할 때마다 맑은 목소리의 노래가 문득문득 떠오를 것이다.

어둠이 짙어지며 달빛이 밝아지고 있었다. 거미는 거미줄에 매달려 미소를 짓고 있었다. 이 땅의 삶을 마치고 밤하늘의 별이 되려면 마음속 온갖 짐을 내려놓고 공기처럼 가벼워져야 한다. 거미는 모든 짐을 다 내려놓은 듯이 평안해 보였다. 귀뚜라미도 그런 모습으로 밤하늘을 바라보았다.

착하게 살지 않으면 죽어 밤하늘의 별이 되지 못할 것이다. 나쁜 일을 저지르지 않고, 나쁜 생각을 하지 않고, 남을 위해 기도하며 살아온 귀뚜라미와 거미는 이미 별이 되어 있을 것 같았다. 불멸의 정신을 둘러싸고 있는 몸만 이곳에 잠시 더 머무는 것일지 몰랐다. 오래도록 기억될 밤이었다.

우두머리로 무리를 다스리던 시절, 죽음과 이별을 대수롭지 않게 생각했다. 맹수에게 잡혀 죽는 영양을 보면서도 아무렇지도 않았다. 약육강식 세계에서 몸이 약하고 빠르지 못하면 죽어야 한다고 생각했다. 병들고 늙고 몸을 다치면 당연히 죽을 수밖에 없다고 생각했다. 멋쟁이는 동굴에서 지내면서 사랑과 우정을 온몸으로 느끼고 배웠다. 사랑하지 않으면 이별은 아프지 않았다. 사랑하고 좋아하는 만큼 이별은 힘들고 슬펐다. 멋쟁이는 친구들과 헤어지는 것이 큰 슬픔이며 아픔이었다.

거미와 귀뚜라미를 멀리 보내고 혼자 동굴에서 지낼 수 없을 것 같았다. 순양을 동굴로 데려와 같이 지내고 싶었다. 멋쟁이는 순양 곁에서 살고 싶은 것이 마지막 꿈이었다. 동굴에서 지내며 노랑나비 무덤을 돌보다가 물과 풀을 찾아 떠나면 되는 것이다. 멋쟁이는 순양과 함께 고향으로 돌아가서 살고 싶기도 했다. 그렇게 욕심 없이 살고 싶은데, 친구들은 그런 삶을 원하지 않았다. 친구들은 멋쟁이가 무리의 우두머리가 되는 걸 원하고 있었다.

최선을 다해 훈련했지만 싸움이란 매번 이길 수 없었다. 실력이 뛰어나도 운이 나쁘면 패할 수 있는 것이 싸움이다. 만일 멋쟁이가 천둥과 겨루어 패하면 친구들은 큰 충격을 받을 것이다. 차라리 도전하지 않는 것이 더 나을지도 몰랐다. 그런 생각을 하면 싸움에 대한 자신이 없어졌다. 그럴 때마다 노랑나비의 목소리가 들렸다.

초원의 공기를 가르며 밤하늘로 외마디 비명이 울려 퍼졌다. 영양이 언제까지 맹수의 공격을 받으며 쫓겨 다녀야 한단 말인가. 어린 영양과 늙은 영양과 병든 영양의 죽음을 지켜보며 언제까지 불안하게 살아야 한단 말인가. 사랑하지 않기 때문에 우두머리는 자신의 권력만 지키기에 급급했다. 사랑하면 맹수의 공격으로부터 무리를 보호할 방법을 찾기 위해 노력할 것이다.

"나는 영양들을 사랑하는가?"

멋쟁이가 자신에게 물었다.

"나를 버린 영양들을 용서할 수 있을까?"

멋쟁이가 숨을 길게 내쉬었다.

"멋쟁이는 영양들을 사랑하지."

거미가 말했다.

"사랑하지 않으면 그토록 힘든 훈련을 하지 않았을 거야."

귀뚜라미가 말했다.

"영양들을 용서하지 못해도 내일 아침 나는 초원으로 나설 거야. 사랑이 없으면 그전의 우두머리와 비슷하겠지. 나만을 위해 욕심만 채우는 우두머리가 되겠지. 그런 우두머리가 되더라도 친구들의 소원을 위해 그곳으로 돌아갈 거야."

"멋쟁이가 노랑나비를 사랑하고 민들레와 독수리를 사랑하고 우리를 사랑하는데, 어떻게 자신의 형제와 영양들을 사랑하지 않을 수 있겠어. 서운해서 그런 생각이 들지만, 그들을 보면 그런 감정은 싹 사라지고 불쌍한 마음이 들 거야. 우리는 멋쟁이를 누구보다 잘 알지."

귀뚜라미가 말했다.

영양의 비명이 또 들려왔다. 영양은 밤낮으로 맹수에게 당했다. 며칠 전부터 맹수의 공격이 부쩍 잦아졌다. 맹수도 초식동물을 따라 초원을 떠날 준비를 하는 것 같았다.

"바람 좀 쐬고 올게."

멋쟁이가 동굴 밖으로 나왔다.

거미와 귀뚜라미 앞에서 내색하지 않았지만 가슴이 조마조마했다. 비명이 들려올 때마다 마음은 그곳으로 부리나케 달려갔다. 한쪽 다리를 절뚝이는 순양이 맹수의 공격에 안전한지 몹시도 궁금했다. 멋쟁이가 영양 무리를 다스리던 시절, 순양은 맹수의 공격을 받고 나면 식은땀을 흘려 온몸이 흠뻑 젖은 채 부들부들 떨기까지 했다. 두려워서 눈물을 흘리던 순양의 애처로운 모습이 눈에 선했다.

절벽 아래에서 순양을 위해 할 수 있는 것은 기도뿐이었다. 멋쟁이는 밤하늘을 바라보며 순양의 안전을 간절히 빌었다.

12

 멋쟁이는 초원을 가로질러 숲속으로 달려갔다. 그곳에 한 아름이 넘는 큰 나무가 세월의 풍상을 겪은 모습으로 초원을 향해 우뚝 서 있었다. 밤마다 멋쟁이는 나무를 받으며 훈련했다. 멋쟁이 머리는 그다지 강하지 않았다. 멋쟁이가 처음 밑동을 받았을 때 나무는 간지러워 죽겠다며 키득거렸다. 시간이 지날수록 나무는 시원하다고 했다. 멋쟁이는 좌우로 빠르게 움직이며 나무를 쿵쿵 받았다.
 "그만!"
 나무가 말했다.
 멋쟁이는 다시 나무를 받았다.
 "그만해. 아프단 말이야."
 나무가 큰 소리로 말했다.

"날 쿵쿵 받지 마. 네 머리는 돌처럼 되었어."
"훈련을 도와줘서 고마워."
"오히려 내가 고맙지. 너 때문에 심심하지 않았거든. 이제 네 머리를 당할 동물은 없을 것 같군. 박치기를 하면 다 기절하겠지. 머리가 돌처럼 단단해진 것을 축하해!"
"가려우면 언제든지 말해. 시원하게 안마해 줄 테니까."
"알았어. 근데……."
나무가 낮은 소리로 말했다.
"맹수를 두려워하지 않으려 밤마다 나를 받으며 훈련했잖아."
"그랬지."
"드디어 맹수가 여기 와 있어. 녀석 때문에 기분이 몹시 상했어. 내 몸에 영양의 피를 잔뜩 묻혀 놓고 건방지게 앉아 있잖아."
표범이 굵은 나뭇가지에 죽은 영양을 올려놓고 앉아 있었다. 표범이 나무에서 뛰어내려 멋쟁이 목을 콱 물어뜯을 듯이 몸을 웅크린 채 나뭇잎 사이로 노려보고 있었다.
"초원에서 가장 겁이 많은 동물을 만났군."
멋쟁이가 비웃었다.
표범이 날카로운 송곳니를 드러내고 으르렁거렸다.
"나는 맹수를 다 싫어하는 것은 아니지. 힘과 능력으로 초식동물을 잡아먹는 맹수라면 싫어도 인정할 수밖에 없지. 표범은 맹수답지 못해. 웅크리고 숨어 있다가 기습공격을 하잖아. 네가 진짜 맹수라면 이리로 내려와 날 잡아봐."

"조심해."

나무가 말했다.

"어서 내려와."

멋쟁이가 표범을 올려다보며 말했다.

표범의 몸은 유연하고 민첩해서 나무를 잘 타고, 달려가는 도중에 방향을 바꿀 수 있는 맹수였다. 턱 근육이 발달하여 자신보다 큰 동물도 사냥할 수 있는 맹수였다. 영양은 표범을 보면 겁먹고 허둥지둥 달아나곤 했다. 표범은 그런 영양을 공격해서 잡아먹었다. 오랜 세월 동안 영양과 표범의 관계는 늘 그랬다.

표범은 충격적인 말을 듣고 어떻게 해야 할지 몰라 망설이고 있었다. 영양이 표범을 노려보며 싸워 보자고 덤비는 것은 결코 있을 수 없는 일이었다. 제정신이 아니거나 두려움을 모르는 영양이 아니라면 표범에게 그런 말을 할 수가 없었다.

"표범이 끌고 올라간 영양을 봤니?"

멋쟁이가 나무에게 물었다.

"어린 수컷이었어."

"그렇군."

멋쟁이가 죽은 영양을 올려다보았다.

"내가 누군지 몰라보네. 절벽에서 떨어져 기억을 상실했군."
"악명 높은 맹수를 모를 리가 없지."

나뭇가지에 앉아 있는 표범의 이름은 미친 돌개바람이었다. 미친 돌개바람은 표범 중에서 사냥 실력이 가장 뛰어났다. 멋쟁이는 미친 돌개바람의 살기를 느끼고 뒤로 세 걸음 물러섰다.

"땅으로 내려와 덤벼봐. 나를 이기면 널 형님으로 모실게."
"절벽에서 떨어질 때 머리를 다쳐 이상해졌다고 하더니 사실이군. 미치지 않았으면 내게 싸우자는 말을 할 수가 없지. 나는 미친 영양을 잡아먹기 싫어. 미친 영양을 먹으면 나도 이상하게 미쳐버릴 수도 있잖아. 좋은 말을 할 때 그만 가봐. 지금 난 배가 잔뜩 불러 움직이고 싶지 않거든."

미친 돌개바람은 더 이상 사냥할 생각이 없는 듯이 말했다.

미친 돌개바람은 두려움을 모르는 영양과 싸워 얻을 것이 별로 없었다. 만일 멋쟁이를 잡지 못하면 좋지 않은 소문이 날 것이다. 미친 돌개바람은 초원의 맹수라는 자신의 명예를 그 무엇보다 중요하게 여겼다. 미친 돌개바람이 무서워하는 것은 동물들의 입에 오르내리며 전염병처럼 퍼지는 해괴한 소문이었다.

"오늘 밤에 비명이 두 번이나 들려왔어. 네가 두 마리를 잡은 거야? 나무 위에는 죽은 영양이 한 마리밖에 없군."
"그래, 내가 두 마리를 잡았지. 한 마리는 다른 나무 위에 올려놓았어."

"두 마리 다 먹으면 배가 터지겠군."

멋쟁이가 미친 돌개바람을 약 올렸다.

"뿔도 없는 머리로 나무를 받고 그것도 모자라서 바위까지 쿵쿵 받았다는 소문이 돌고 있더군. 열불이 나서 도저히 못 견디는 것이겠지. 미친 영양이라 밤에 잠도 자지 않고 소리를 빽빽 질러대며 이리저리 돌아치는 거잖아. 정신 나간 영양을 상대하고 싶지 않으니 다른 데로 가봐. 오늘은 많이 움직였더니 피곤하군."

"피곤하다니 오늘 밤은 봐줄 수밖에 없지."

멋쟁이가 몸을 돌렸다.

걸음을 막 옮기려는 순간, 나뭇가지가 흔들리며 나뭇잎을 스치는 소리가 들렸다. 멋쟁이는 재빨리 옆으로 피했다. 미친 돌개바람이 멋쟁이의 등을 덮쳐 누르지 못한 채 뾰족하게 구부러진 발톱으로 목을 할퀴었다. 미친 돌개바람의 발이 땅바닥에 닿기 전에 멋쟁이가 몸을 돌리며 뒷발로 급소를 걷어찼다. 미친 돌개바람은 전혀 예상하지 못한 공격을 받고 땅바닥에 그대로 주저앉았다. 멋쟁이는 뒤로 물러서서 미친 돌개바람을 보았다. 미친 돌개바람이 괴로운 표정으로 나무를 올려다보았다.

"조심해!"

나무가 소리쳤다.

나무 위에 다른 표범이 숨어 있었다. 멋쟁이는 나무에서 뛰어내리는 표범의 아랫배를 쿵 받았다. 표범이 비명을 지르며 벌렁 나가떨어졌다. 멋쟁이가 뒷발로 표범의 배를 연거푸 걷어찼다. 표범이 땅바닥에서 일어났지만 휘청거리며 잘 걷지 못했다. 표범은 넋이 나간 표정으로 서 있었다. 발이 땅바닥에 닿기도 전에 공격을 당한 것은 처음이었다. 그것도 표범의 맛있는 사냥감인 영양에게 공격을 당하고 말았다. 상상조차 못 할 일이었다. 표범은 정신을 차리려고 고개를 저었다.
"오늘은 이쯤 해둘게."
멋쟁이가 말했다.
"마음대로 이곳을 떠날 순 없어."
표범이 비틀걸음으로 멋쟁이에게 다가오다가 멈추었다.
"내일부터 날 보면 형이라고 불러. 형은 이만 가볼게."
멋쟁이가 몸을 돌렸다.
　표범이 멋쟁이를 공격하지 못했다. 높은 곳에서 떨어지는 돌덩이에 맞은 듯 몸을 움직이기가 힘들었다. 나무에 몸을 기대고 거친 숨을 내쉬었다. 표범은 느릿느릿 걸어가는 멋쟁이를 물끄러미 바라보았다. 급소를 걷어차인 미친 돌개바람은 일어나지도 못한 채 멋쟁이를 바라보았다.
"어디서 킥킥대는 거야?"

표범이 어두운 풀숲을 째려보며 말했다.
"망신을 톡톡히 당했어. 아침이 되면 초원 곳곳으로 온갖 소문이 돌겠지."
미친 돌개바람이 끙끙 앓는 소리를 내었다.

13

 이지러진 조각달이 초원을 비추고 있었다.
 뿔이 부러진 수컷 영양 한 마리가 맹수의 눈길을 겁내지 않으며 달리고 있었다. 어떤 동물보다 빠르게 달리는 영양은 바로 멋쟁이였다. 무리로 돌아갈 때가 되었는데 멋쟁이는 아직도 지난날의 기억을 지우지 못해 괴로워했다. 잊으려고 할수록 아픈 기억은 생생하게 떠올랐다.
 영양들을 용서하고 싶어도 쉽게 용서할 수 없었다. 멋쟁이는 옹졸한 자신의 마음을 꾸짖으며 초원을 질주하고 있었다. 숨이 가빠지고 지칠 때까지 달리고 또 달리다가 새벽녘에 동굴로 돌아와 잠이 들었다.
 다른 날보다 좀 늦게 일어났다. 아침 해가 동굴 안쪽을 눈부시게 비추고 있었다. 멋쟁이는 눈을 뜨자마자 거미줄을 보았다. 거미가 수척해진 모습으로 거미줄에 매달려 있었다.

"마지막 그림은 내 친구를 위해 그렸지."

거미가 거미줄에 승리를 상징하는 별을 그려 놓았다. 멋쟁이의 승리를 기원하며 밤새껏 그런 그림을 그렸다. 가슴이 뭉클해지며 눈물이 주르르 흘러내렸다.

"오늘 나는 멋쟁이의 승리를 보고 하늘로 돌아갈 거야."

거미가 가는 소리로 말했다.

"멋쟁이는 반드시 이길 거야."

귀뚜라미가 말했다.

"나는 친구들에게 준 것도 없이 너무 많은 것을 받고만 있군."

"오히려 우리가 멋쟁이에게 더 많은 것을 받았어. 이 동굴은 우리에겐 너무나 넓고 텅 비어 있는 곳이지. 멋쟁이가 이곳에 와서 우리는 기쁘고 즐거웠어. 우리는 멋쟁이가 건강을 회복하는 걸 지켜보며 보람을 느꼈지. 우리는 같은 동굴에서 숨 쉬며 생활한 가족이야. 멋쟁이의 일은 곧 우리 일이나 다름없어. 오늘 멋쟁이가 이기면 가장 큰 선물을 받게 되는 것이지. 우리의 친구 멋쟁이는 초원에서 가장 빨리 달리고 맹수를 무서워하지 않는 영양이지. 우리는 그런 친구와 함께 지내 행복했어."

귀뚜라미가 가냘픈 소리로 말했다.

멋쟁이는 눈물을 흘리며 동굴 밖으로 나왔다.

"노랑나비야, 이제 나는 초원으로 나설 거야."

멋쟁이가 노랑나비의 무덤을 바라보며 말했다.

초원 저편에 영양들이 모여 있었다. 멋쟁이는 숨을 길게 내쉬고 득달같이 달려가기 시작했다. 동물들이 고개를 돌려 멋쟁이를 바라보았다. 멋쟁이는 몸을 다치기 전보다 튼튼하고 강한 다리로 바람과 함께 초원을 달리고 있었다. 바람이 멋쟁이를 앞질러 달리다가 뒤떨어지고 다시 앞지르다가 헐떡이며 뒤쫓고 있었다.

무리 앞에 바람을 몰고 나타난 멋쟁이는 더 이상 절뚝거리지 않았다. 고통과 절망의 표정을 짓지 않았다. 자존심을 다 내려놓고 고개를 숙인 채 애원하지도 않았다. 몸은 비쩍 말랐지만 어딘지 모르게 맹수를 닮아 있었다.

영양들이 천둥의 눈치를 살피고 있었다.

"어디서 막 굴러먹다 온 녀석이야?"

천둥이 멋쟁이의 앞으로 다가왔다. 천둥이 우두머리가 되더니 눈에 뵈는 게 없는 듯이 거들먹거렸다.

"수컷의 자존심을 잃은 것이 여기에 무슨 일로 왔어?"

"천둥은 뿔을 칼처럼 만들었지만 우두머리 자존심을 지키지 못했어."

"무슨 소리야?"

"맹수를 대적해야 할 뿔로 힘센 영양들을 괴롭히는 데에만 사용했잖아."

영양들이 멋쟁이의 말을 듣고 말없이 고개를 끄덕였다.

"내게 도전한 수컷들이 꽤 있었지. 그들은 모두 다리와 배와 목에 상처를 입고 피를 흘리며 이곳을 떠났어. 깊은 상처로 죽은 수컷들도 있어."

"잔인한 우두머리군."

"한때 너는 무리를 다스렸던 영양이야. 그래서 최고의 예우를 해주는 거야. 좋게 말할 때 이곳을 떠나. 여기는 네가 있을 곳이 아니잖아. 나는 새로운 우두머리가 되었고, 내 시대는 한동안 이어질 거야. 너는 내 적수가 되지 못해. 절벽에서 떨어져 뿔이 부러졌고 다리를 다쳐 그전 같지가 않잖아. 마음도 많이 연약해졌겠지."

천둥이 멋쟁이의 뒷다리를 흘끔 보았다.

"우두머리가 되더니 말솜씨도 많이 늘었군."

"우두머리 권위를 인정하고 무조건 복종하겠다고 맹세하면 받아줄 수도 있어."

천둥이 혀를 내밀었다.

"복종할 생각은 전혀 없어."

"그렇다면 당장 이곳을 떠나."

"영양의 생명을 구하기 위해 맹수와 싸울 자신이 있어?"
멋쟁이가 큰 소리로 물었다.

영양들은 매우 놀란 표정을 짓고 있었다. 일찍이 이런 일은 없었다. 우두머리가 맹수와 싸우겠다고 말한 적이 없었다. 영양들을 위해 자신의 목숨을 내놓은 우두머리는 없었다. 우두머리가 맹수와 싸우는 것은 상상조차 못 할 일이었다. 영양들은 멋쟁이가 천둥을 궁지에 몰아넣기 위해 그런 말을 한 거라고 생각했다.

멋쟁이는 친구들을 위해 이곳에 왔지만 아직도 우두머리가 되려는 욕심은 없었다. 천둥이 무리를 사랑하는 우두머리라면 싸움을 하지 않아도 될 것이다. 그런 우두머리와 싸우는 것은 친구들이 바라는 것도 아니었다. 친구들은 멋쟁이가 다시 우두머리가 되지 못해도 전혀 서운해하지 않을 것이다.

"맹수와 싸울 자신이 없나 보군."
"네가 싸운다면 나도 싸울 수 있어."
천둥이 영양들을 곁눈질하며 말했다.
"그렇다면 날 따라와."

멋쟁이가 몸을 돌려 달려가기 시작했다. 천둥이 잠시 망설이다가 멋쟁이를 따라 달리기 시작했다. 천둥이 멋쟁이를 앞지르려고 힘껏 달렸다. 멋쟁이는 천둥보다 빠르게 미친 돌개바람이 앉아 있는 곳까지 달려갔다. 미친 돌개바람이 나무 그늘 아래에서 꾸벅꾸벅 졸고 있었다.

"대체 뭘 하는 것들이야?"

미친 돌개바람이 눈을 치켜뜨고 물었다.

"잠자는 걸 깨워 미안해."

멋쟁이가 말했다.

"죽고 싶어 안달하는 영양이 또 있네."

미친 돌개바람이 입맛을 쩝쩝 다셨다.

"정신 나간 녀석 때문에 정말 피곤해."

천둥이 중얼거렸다.

천둥은 멋쟁이가 제정신이 아닐지 모른다고 생각했다. 제정신이라면 날 잡아먹으라는 듯이 맹수가 쉬고 있는 곳에 올 수가 없었다.

"내가 널 이곳에 데려온 이유를 알겠지?"

"전혀 모르겠어."

"영양의 우두머리라면 맹수와 싸울 용기가 있어야 하잖아."

"초원에 위대한 선생님이 나타나셨군. 그만 가르치고 용건을 간단히 말해."

"무리를 위해 맹수와 싸울 수 있어?"

"네가 먼저 표범과 싸워. 그러면 나도 싸울게."

"영양의 우두머리는 천둥이잖아."

"드디어 본색을 드러내는군. 내가 네 수작을 모를 것 같아?"
천둥이 눈을 부릅뜨고 말했다.
"이것들이 여기가 어디라고 와서 감히 쌈질이야. 달콤한 낮잠을 자려고 했는데 되게 시끄럽네."
미친 돌개바람이 짜증을 내며 벌떡 일어났다.
미친 돌개바람은 자신의 이름에 걸맞게 살아온 맹수였다. 그는 표범 중에서 가장 잔인하고 사냥을 시작하면 끝까지 쫓는 것으로 악명이 높았다. 초식동물은 미친 돌개바람의 이름만 들어도 무서워서 몸을 떨기까지 했다. 천둥도 미친 돌개바람을 보더니 다리를 떨고 있었다.
"천둥은 우두머리 자격이 없어."
멋쟁이가 말했다.
"무슨 이유로 자격이 없다는 것이지?"
천둥이 뒤로 두 걸음 물러섰다.
"표범을 무서워하고 있잖아."
"영양이 표범을 무서워하는 것은 당연한 일이야."
천둥이 뒤로 세 걸음 더 물러섰다.
"표범을 무서워하지 않는 영양도 있어. 우린 둘도 없는 친구가 되었지."
미친 돌개바람이 멋쟁이의 앞으로 다가왔다.

"표범이 어떻게 영양의 친구가 될 수 있지?"

천둥이 물었다.

"그러니까 말이야……마음이 통하는 동물이라면 진정한 친구가 될 수도 있잖아."

미친 돌개바람이 멋쩍은 표정을 지으며 대답했다.

"멋쟁이는 절벽에서 떨어진 영양이야. 뒷다리가 부러져 잘 싸우지 못해. 둘이서 짜고 영양의 우두머리를 잡으려는 것이군."

천둥이 멋쟁이의 작전을 알았다는 듯이 고개를 끄덕였다.

"영양의 우두머리! 싸움을 무척 잘하는 모양이군. 한번 붙어 볼까?"

미친 돌개바람이 몸을 돌려 천둥에게 다가가며 말했다.

천둥이 화들짝 놀라 뒤로 물러섰다.

"멋쟁이의 친구가 되는 바람에 손해가 이만저만이 아니군. 멋쟁이가 영양의 우두머리가 되면 마음대로 무리의 영양을 잡아먹을 수 없잖아. 사냥할 것은 많지만, 그래도 영양고기가 입맛에 맞았는데 무척 아쉽군."

미친 돌개바람이 멋쟁이의 앞으로 다가왔다.

영양이 맹수의 친구가 되지 말라는 법은 없었다. 미친 돌개바람의 말대로 마음이 통하면 어떤 동물이든 절친한 친구가 될 수 있다. 멋쟁이는 미친 돌개바람의 눈을 뚫어지게 보았다. 멋쟁이는 미친 돌개바람의 친구가 되겠다는 뜻으로 고개를 끄덕였다. 미친 돌개바람이 멋쟁이의 목을 핥았다.

"뭘 잘못 먹고 완전히 미친 것들이군!"

천둥이 고개를 설레설레 저었다.

"내게 덤빌 용기가 있어?"

미친 돌개바람이 천둥에게 물었다.

"난 미친 표범과 싸울 생각이 전혀 없어."

천둥이 재빨리 몸을 돌려 초원으로 줄행랑쳤다.

"내 친구가 되어 줘서 고마워!"

멋쟁이가 미친 돌개바람의 목을 핥았다.

"멋쟁이는 내 친구가 될 만한 자격이 있는 영양이야."

"넌 꽃을 매우 좋아하는구나."

"뜬금없이 무슨 소리야?"

"네 몸에 꽃무늬가 가득 그려져 있잖아."

"듣고 보니 정말 그러네! 나는 왜 한 번도 그런 생각을 해본 적이 없을까?"

"오늘부터 나는 너를 초원의 꽃이라고 생각할게."

"정말 날 꽃으로 볼 거야?"

"아름다운 꽃으로 볼게. 네 마음속 정원에는 예쁜 꽃밭이 있어. 그렇기 때문에 온몸에 꽃송이가 그려져 있는 것이지."

"사실 알고 보면 나도 무척 여린 순정파 동물이야. 먹고 살기 위해 어쩔 수 없이 사나워졌지만, 한 송이 꽃이 되어 바람과 햇살의 친구로 살고 싶을 때가 많았어. 내 마음속 정원의 꽃밭을 볼 수 있도록 일깨워 줘서 고마워. 역시 친구란 무척 좋은 것이군."

미친 돌개바람이 멋쟁이의 목을 핥았다.

천둥의 목소리가 들려왔다. 천둥이 초원을 달리며 괴성을 지르고 있었다.

"오늘 천둥과 싸우는 거야?"

미친 돌개바람이 천둥의 뒷모습을 바라보았다.

"그렇게 됐어."

"천둥의 뿔이 칼처럼 날카롭게 보였어. 보통 녀석이 아니니까 조심해."

"걱정해 줘서 고마워."

멋쟁이가 몸을 돌려 천둥을 쫓아가기 시작했다.

"힘센 영양들을 괴롭히기 위해 뿔을 칼처럼 만들었어. 무리를 보호하기 위해 뿔을 간 게 아니라 천만다행이군. 그나저나 친구가 천둥의 뿔에 다치지 말아야 할 텐데."

미친 돌개바람이 나무 아래에 앉아 중얼거렸다.

천둥은 자신의 권위를 떨어뜨린 멋쟁이 때문에 분노가 끓어올랐다. 천둥이 미친 듯이 괴성을 지르며 초원을 달리고 있었다.

"절벽에 내 친구들이 있지. 친구들이 내가 싸우는 모습을 보고 싶다고 했어. 이곳에서 싸우는 것이 좋겠군."

멋쟁이가 천둥을 쫓아가며 말했다.

"죽기 전의 마지막 소원이니 들어줄 수밖에 없지."

천둥이 씩씩거리며 초원 한가운데쯤에 멈춰 섰다.

민들레가 절벽 위에서 초원을 내려다보고 있었다. 거미와 귀뚜라미가 동굴에서 초원을 바라보고 있을 것이다. 독수리가 바람의 등에 타고 날개를 활짝 펼친 채 초원을 내려다보고 있었다. 하늘나라에서 노랑나비가 멋쟁이를 보고 있으리라. 친구들의 소원을 이루기 위해 목숨을 걸고 싸움을 할 때가 되었다.

"조심해!"

독수리가 외쳤다.

천둥이 멋쟁이의 뒤에서 공격을 시작했다. 멋쟁이는 재빨리 옆으로 움직이며 몸을 돌렸다. 천둥의 뿔이 멋쟁이 엉덩이를 살짝 스쳤다. 멋쟁이 엉덩이에서 피가 흘러내리고 있었다.

"뒤에서 공격하는 걸 보니 대단한 우두머리는 아니군."

"초원을 떠날 수 있는 마지막 기회를 줄게."

"기회를 줘서 눈물이 나오도록 고맙군."

"멍청한 녀석이군."

멋쟁이와 천둥이 머리를 맞대고 힘을 겨루어 보았다. 천둥은 기운이 세고 몸놀림이 빠르며 뿔로 공격을 잘하는 영양이었다. 칼 같은 뿔 때문에 어떤 수컷도 천둥을 이기기가 쉽지 않았다. 용감한 수컷들이 천둥의 뿔에 다치거나 죽었다. 천둥이 뒷발로 싸우는 실력도 뛰어났다. 멋쟁이는 바짝 긴장했다.

"나를 원망하지 마."

멋쟁이가 말했다.

"건방진 녀석."

천둥이 몸을 돌리며 뒷발로 멋쟁이 배를 걷어찼다.

멋쟁이는 싸움에서 진 듯이 달아나다가 방향을 바꿔 천둥을 향해 달려들었다. 멋쟁이와 천둥의 머리가 쾅 부딪쳤다. 천둥이 오른쪽으로 돌며 뿔로 멋쟁이를 공격했다. 멋쟁이도 오른쪽으로 돌며 머리로 천둥을 공격했다. 그렇게 돌다가 넘어지거나 발목을 접질리면 그것으로 끝이었다. 멋쟁이는 생각보다 어려운 싸움을 하고 있었다.

"우리가 도와줄게."

떠돌아다니는 영양들이 어디에 숨어 있다가 이쪽으로 달려왔다. 그들은 천둥에게 도전해 쓰라린 패배를 당한 적이 있었다. 그들이 천둥에게 한꺼번에 덤비려고 했다.

"싸우고 싶으면 한 마리씩 천둥에게 덤벼."

멋쟁이가 그들에게 말했다.

"우리는 멋쟁이를 도와주고 싶었을 뿐이야."
"내가 싸움에서 이기면 너희는 다른 곳으로 가지 마."
"정말이야?"
"난 거짓말을 하지 않아."
멋쟁이가 고개를 끄덕이며 대답했다.
"너희는 우두머리에게 도전한 영양의 비참한 최후를 보게 될 거야."
천둥이 떠돌아다니는 영양들을 노려보며 말했다.
멋쟁이는 싸움을 포기한 듯이 뒤로 물러섰다. 이제라도 싸움을 그만두고 싶었다. 천둥이 아량을 베풀어 떠돌아다니는 영양들을 받아들이고 무리를 잘 다스리겠다면 멋쟁이는 우두머리가 되고 싶지 않았다.
"무리를 사랑하는 우두머리가 될 수 있어?"
"다시는 헛소리를 못 하게 해줄게."
천둥이 입에 게거품을 물고 말했다.
천둥이 단판 승부를 하려는 듯이 멋쟁이를 향해 머리를 앞으로 내밀고 성난 바람처럼 달려들었다. 멋쟁이도 머리를 앞으로 내밀고 천둥을 향해 달려들었다.
천둥과 멋쟁이의 머리가 쿵 부딪쳤다. 힘과 포용, 권력과 사랑. 욕심과 양보, 미움과 용서가 정면으로 부딪쳤다. 천둥이 바닥에 풀썩 주저앉았다.

천둥이 다리에 힘주고 일어나서 두 걸음 걷다가 휘청거리며 앞으로 고꾸라졌다. 천둥이 개개풀린 눈으로 멋쟁이를 쳐다보며 고개를 저었다. 천둥이 다시 일어나 휘청휘청 걷다가 멈추고 몸의 중심을 잡기 위해 한참 서 있었다.

"영양들을 위해 살아가겠다면 무리에 남도록 허락할게."

"언젠가 너는 내 앞에 무릎을 꿇고 살려 달라고 애원할 거야."

천둥이 초원 저쪽으로 비틀거리며 걸어갔다. 떠돌아다니는 영양들이 천둥을 에워싸고 공격했다. 천둥이 그들의 공격을 받고 땅바닥에 쓰러졌다. 그들이 천둥의 배를 걷어차고 목을 짓밟았다.

"비겁한 짓이야. 그만해."

멋쟁이가 소리를 질렀다. 그들이 공격을 멈추었다.

멋쟁이는 목숨을 건 싸움에서 이겼지만 기뻐하지 않았다. 다시 우두머리가 되었다고 생각하지도 않았다. 친구들의 소원을 이루기 위해 어쩔 수 없이 이곳으로 돌아왔을 뿐이었다. 영양의 우두머리가 되려는 수컷들은 많았다. 그들 중의 한 영양이 무리를 다스리면 될 것이다.

멋쟁이가 영양들이 모여 있는 곳으로 다가갔다.

"나는 너희의 우두머리가 되기 위해 천둥과 싸운 것이 아니었어. 너희 중에서 싸움을 잘하는 영양을 우두머리로 뽑으면 될 거야. 싸움만 잘해 우두머리가 되는 것은 좋은 전통이 아닐지 모르지. 무리를 위해 살아갈 수 있는 영양이라야 우두머리 자격이 있어. 그런 우두머리를 뽑고 푸른 초원이 있는 곳으로 이동하면 되는 거야."

멋쟁이가 말했다.

영양들은 멋쟁이의 말뜻을 금방 알아들었다. 그때 그들이 멋쟁이를 외면한 것은 큰 실수였다고 귓속말을 주고받았다. 영양들은 뜻밖의 말을 듣고 웅성거렸다.

"우리가 잘못했어."

"우리를 용서해줘."

영양들이 말했다.

"힘이 약한 우두머리는 당연히 무리에서 쫓겨나는 거잖아."

멋쟁이가 차가운 표정으로 말했다.

"멋쟁이는 싸움에서 진 것도 아니었고, 힘이 약해서 우두머리 자리에서 물러난 것도 아니었어. 우리를 위해 절벽으로 올라가 초원을 살피다가 사고를 당한 것이었어. 멋쟁이는 몸을 다쳐 우두머리 자리에서 내려오더라도 우리와 함께 살아갈 자격이 있었어. 우리는 몸이 불편한 멋쟁이를 냉정하게 외면했지. 잘못을 용서해 주고 우두머리가 되어 우리를 다스려 주면 안 될까?"

늙은 영양이 말했다.

"멋쟁이의 친구가 되고 싶어."

"다시는 멋쟁이를 배반하지 않을게."

영양들이 애원하듯 말했다.

"어렵고 힘들 때도 같이하는 것이 친구이지. 너희는 기쁘고 즐거울 때만 친구가 될 수 있을 거야."

멋쟁이가 노여운 표정으로 말했다.

"어렵고 힘들 때도 멋쟁이의 친구가 되어 줄게."

"우리는 멋쟁이의 친구가 되고 싶어."

영양들이 고개를 떨어뜨리고 말했다.

"우두머리 자리에서 스스로 내려오려는 영양은 없었소. 멋쟁이가 처음으로 그 자리에서 내려오려는 것이지. 다시 말하면 멋쟁이는 권력의 욕심이 전혀 없다는 것이지. 그런 영양이 우두머리가 되면 무리를 잘 지켜낼 수 있을 거야. 제발 우리의 우두머리가 되어 무리를 이끌고 푸른 초원이 펼쳐진 곳으로 가 주시오."

늙은 영양이 눈물을 흘렸다. 아무리 잊으려고 해도 결코 잊을 수 없었던 지난날의 기억. 늙은 영양의 눈물을 보자 미움은 한순간에 마법처럼 사르르 녹아내렸다.

"한때 나는 내가 우두머리가 되지 않으면 안 된다고 생각했지. 몸을 다치고 그런 생각을 다 버렸어. 이곳을 떠날 날도 얼마 남지 않았으니 오늘 우두머리를 뽑는 것이 좋겠지. 더 이상 미룰 수 없는 일이야. 나는 절벽 아래에서 지내다가 웅덩이의 물이 마르면 푸른 초원을 찾아 떠날 거야."

멋쟁이가 고개를 돌려 절벽을 바라보았다.

"맹수와 싸울 수 있는 우두머리를 보는 것이 내 평생의 간절한 소원이었지. 오늘 나는 맹수를 무서워하지 않는 영양을 보았어."

늙은 영양이 멋쟁이의 앞에 무릎을 꿇고 말했다.

"그때 우리가 멋쟁이에게 너무했어."

"우리가 잘못했어."

영양들이 눈물을 흘리고 있었다. 멋쟁이는 절벽으로 돌아가지 못한 채 머무적거렸다. 영양들의 울음소리와 눈물이 앞을 가로막고 있기 때문이었다. 멋쟁이는 아무 말 없이 잠잠히 서 있었다.

회오리바람이 불어와 멋쟁이 주위를 맴돌고 있었다.

'잊지 마, 친구들의 소원을.'

회오리바람 속에서 노랑나비의 가느다란 목소리가 들렸다.

"나는 몸을 다쳐 절벽 아래 동굴에서 살게 되었어. 그곳엔 좋은 친구들이 있었지. 친구들의 도움으로 나는 용기를 내어 일어섰고 많은 것을 배우고 깨달았지. 이제 나는 절벽에서 떨어지기 전의 모습으로 살지는 않을 거야."

멋쟁이도 눈물을 흘리고 있었다.

영양들이 매우 놀란 표정으로 멋쟁이를 보았다. 멋쟁이는 절벽에서 떨어지기 전까지 결코 이러지 않았다. 자기 자랑을 늘어놓기 좋아하고 힘센 영양들을 위협하기 바빴다. 눈물을 흘린 적도 없는 매정한 우두머리였다.

"우리는 함께 살면서도 위험하면 각자 먼저 살기 위해 움직였지. 그렇기 때문에 맹수가 우리를 깔보고 덤비는 것이지. 오늘부터 나는 기운이 세며 지도력이 있는 영양들을 뽑고, 그들과 함께 무리를 돌보고 보호하며 푸른 초원이 있는 곳으로 이동할 준비를 할 것이다."

멋쟁이가 힘찬 말투로 말했다.

마침내 새로운 우두머리가 무리를 다스리게 되었다. 뿔이 부러져서 자존심을 바닥에 내려놓고 사랑으로 무리를 지키려는 우두머리. 영양들이 환하게 웃으며 새로운 우두머리의 뿔 없는 머리를 쳐다보았다.

멋쟁이는 영양들을 둘러보고 걸음을 옮겼다. 암컷 영양들이 눈웃음치며 애정 어린 눈빛으로 멋쟁이를 보았다. 그녀들은 멋쟁이가 자신에게 먼저 말을 건네길 원하고 있었다. 멋쟁이는 울먹거리는 별 앞을 그냥 지나갔다. 별의 엄마가 초원 저편으로 멀어지는 천둥을 바라보며 목 놓아 슬피 울고 있었다. 멋쟁이는 잘

생기고 젊은 암컷 영양들의 곁을 지나갔다. 못생기고 수줍음을 많이 타고 태어날 때부터 한쪽 다리가 불편한 영양. 수컷 영양들이 거들떠보지도 않는 영양. 멋쟁이는 그런 영양 앞에서 걸음을 멈추었다.

"내 말을 잊지 않고 살아 있어 줘서 고마워!"
"이렇게 다시 돌아와 줘서 너무 고마워요!"
"밤마다 샛별을 바라보며 순양의 안전을 간절히 빌었어."
"이런 날이 올 거라 믿고 있었어요."

순양이 얼굴을 붉히며 말했다.

멋쟁이는 몸을 돌려 무리 앞으로 나섰다.

"며칠 안으로 초원을 떠도는 영양들을 다 불러 모을 것이다. 힘세고 강한 영양은 오직 자신만을 위해 움직이면 안 된다. 어리고 늙고 힘이 약하고 몸이 불편한 영양을 보호하며 함께 움직여야 한다. 힘을 합쳐 무리를 보호하겠다는 영양은 지난날의 잘못은 묻지 않고 다 받아줄 것이다."

"멋있는 우두머리가 되어 우리에게 돌아왔군!"

늙은 영양이 감동을 받은 표정으로 말했다.

"우리는 힘을 합쳐 어려움에 대처하고 그전보다 안전하게 살아갈 것이다."

멋쟁이가 우렁찬 소리로 말했다.

영양들이 환호성을 질렀다.
멋쟁이가 초원을 달리기 시작했다. 노랑나비 무덤이 있는 곳으로 바람보다 빠르게 줄달음쳤다. 절벽 아래 작은 무덤에 건조한 바람이 불고 있었다. 멋쟁이는 그 앞에 무릎을 꿇고 앉았다.
"이곳으로 돌아오면 무덤 주위에 민들레를 많이 심어줄게."
멋쟁이가 노랑나비 무덤에 입을 맞추었다.
밤하늘 빛나는 별이 된 친구. 노랑나비의 모습이 눈앞에 보이는 듯했다. 언젠가 멋쟁이도 이 세상 삶을 마치면 그 무엇이 되어야 한다. 멋쟁이도 밤하늘의 별이 되고 싶었다. 노랑나비의 별을 마주 보며 반짝반짝 미소 짓는 작은 별이 되어 영원히 살아가고 싶었다.

14

 민들레는 절벽 위에서 초원을 내려다보았다. 초원에 신선한 바람이 불고 있었다. 회오리바람을 몰고 다닐 수 있는 동물, 자신을 위해 살지 않으려는 동물, 그런 동물이 초원을 달리고 있었다. 민들레는 이제 잠을 잘 될 때가 되었다. 잠들기 전에 친구가 다시 우두머리가 된 것을 보았다. 마음의 눈을 감으며 멋쟁이를 만날 날을 생각했다. 마른 초원에 파릇파릇한 새싹이 돋아나면 멋쟁이는 무리를 이끌고 늠름한 모습으로 이곳에 돌아오겠지.
 "친구여, 그때까지 안녕!"
 민들레는 깊은 잠에 빠져들었다.
 거미는 땅의 친구들을 사랑하고 밤하늘을 그리워하며 살아왔다. 이제 세상 문을 닫고 하늘 사닥다리를 타고 올라가야 할 시간이다. 거미는 절망에 빠졌던 친구가 초원에서 달리는 모습을 바라보며 가만히 눈을 감았다.

귀뚜라미는 멋쟁이가 멋진 우두머리가 될 것을 믿었다. 낮아지고 불행했던 지난날을 잊지 않고 영양들을 위해 살아가는 우두머리가 될 것을 믿었다. 그 믿음대로 되었다.

귀뚜라미가 마지막 노래를 나지막이 불렀다.

어떤 위로의 말도 못할 만큼
절벽에서 떨어진 영양이 있었지
우리는 그를 보며 눈물을 흘렸지
뜨거운 눈물이 그의 가슴에 스며들어
우리의 말에 귀를 기울이기 시작했지
한때 절망으로 슬피 울었던 친구는
용기를 내어 초원을 바람처럼 달렸지
영양들이 친구에게 손을 내밀었고
친구는 자신을 배반한 영양들을
넓은 마음으로 용서해 주었지
부서지고 낮아진 만큼
사랑의 열매를 주렁주렁 맺고
푸른 풀을 찾아가는 발걸음에 빛이 되었지
노란 꿈을 품고

먼 길을 떠날 수 있게 되었지
삶을 포기하지 않고 고통을 이겨내고
회오리바람을 일으키며
초원을 달리는 멋진 친구가 있었지
영영 잊지 못할 친구가 있었지

작가 소개

지은이 문국(文國)

춘천에서 제법 떨어진 산에서 태어나 자연을 벗 삼아 자랐다. 늦은 나이에 문학의 길로 접어든 후, 험난한 과정을 거쳐왔다. 이제는 욕심을 내려놓고, 가벼운 마음으로 즐기면서 자유롭게 글을 쓰고 있다.

절벽에서 올라온 영양

2017년 4월 16일 초판 1쇄 발행

지은이 문국
발행인 마리오 루폴로
편집 피오니북스 편집부
표지그림 이인수

펴낸곳 (주)피오니
등록번호 제2015-000173호
주소 서울특별시 마포구 양화로6길 57-14, 2층(서교동)
전화 02-6405-1748
팩스 02-6408-1748
이메일 press@peonybooks.com
제작 이시스 피앤에이

ISBN 979-11-952724-2-6